Thomas Jammers

Irgendwie nach Panama

Kurzgeschichten für Alt und Jung

Impressum

© 2020 Thomas Jammers t.jammers @web.de

Herstellung und Verlag: BoD – Books on Demand, Norderstedt

ISBN: 978-3-752627992

Inhaltsverzeichnis

Irgendwie nach Panama

Peter hatte Angst. Wie jeden Tag. Er hatte ihr überscharfes Bremsen im Rollsplitt vor der Garage gehört. Da wusste er schon, was los war. Peter erkannte sofort, wenn sie so spät und angetrunken oder sogar betrunken nach Hause kam, am Klang, wie sie einparkte.

Dann war sie voller Aggression, und es war immer das Gleiche. Von unten hörte er, dass das Garagentor viel zu laut ins Schloss geschmettert wurde. Sie grölte und fluchte aus dem Keller zu ihm hinauf, war wohl gegen irgendwas gestoßen. „Hallo mein Drecksack, mein Krüppelchen, du blöder Wichser, hörte er sie brüllen.

Es hatte keinen Zweck, er hatte noch versucht, aus der Küche zu rollen. Peter merkte, dass seine Frau heute besonders mies drauf war, vielleicht war ja ein Versicherungsabschluss in letzter Sekunde geplatzt oder ein wichtiger Kunde der Bank war abgesprungen. Es konnte aber genauso sein, dass heute jede Fliege an der Wand sie aufregte.

Er war der Dreck, er war der Fliegendreck an der Wand, den es dann wegzuwischen galt.

„Hast du mich vermisst? Deinen Augenstern, dein Ein und Alles?" In diesem Moment wirkte es auf ihn einfach nur billig. „Bin wieder zu Hause",–mit einem fiesen, samtigen Unterton wie eine schnurrende, rollige Katze", stand sie in der Tür.

Eigentlich tat sie ihm leid, vielleicht war sie krank. Mit hochrotem Kopf stand sie da. Sie wird noch mal an ihrem Bluthochdruck sterben, schoss es Peter durch den Kopf.

„Und wie war dein Tag Schatz?" Mühsam zwang er sich ein Lächeln ins Gesicht, seine Arme zitterten, eine Gänsehaut überkam ihn. Seine Körper wehrte sich gegen diese Frau.

Sie schaute sich in der Küche um. „Da ist ja meine kleine faule Sau. Den ganzen Tag im Rollstuhl-sitzen und die Alte kann malochen gehen, wa!" Drohend kam sie näher.

Ohne Vorwarnung schlug sie zu. Blitzschnell. Der erste Schlag traf ihn genau am Kopf und auf die Schläfe. Es war so heftig, dass er merkte, wie sein ganzer Oberkörper zur Seite glitt. Durch die heftige Unwucht kippte der Stuhl um und fiel seitlich aus seinem Rollstuhl. Halb eingeklemmt unter dem Küchentisch, der Eckbank und der Heizung lag er hilflos wie ein Marienkäfer auf dem Boden.

„Na steh doch auf, du faule Sau. Tu mal was für dein Frauchen. Kein Essen gekocht, bestimmt sind die Betten nicht gemacht, und das Bad sieht bestimmt auch wieder aus wie Schwein. Ich bin nur froh, dass du nicht mehr im Stehen pinkeln kannst. Du bist dumm, faul und hässlich, ein Krüppel wie er im Buche steht, zu nix mehr nutze!"

Sie schüttelte sich vor Lachen von oben herab. Dann öffnete sie die Kühlschranktür, nahm sich die Flasche Wodka heraus und eine Handvoll Geflügelsalat, den er ihr gemacht hatte.

Der Geflügelsalat wird sie wieder etwas milder stimmen, das weiß ich, dachte er. Als ehemaliger Koch hatte er sich die tollsten Rezepte erarbeitet, unter anderem war sein Geflügelsalat einmal mit einem Preis ausgezeichnet worden. Genauso ein Geflügelsalat stand nun im Kühlschrank.

Eigentlich wollte er sie damit überraschen, schließlich war heute ihr Hochzeitstag. Doch Beate hatte es vergessen, wie immer. Sie drehte sich um und grinste diabolisch. „Was für ein Glück, dass es hier in diesem Haushalt noch was Vernünftiges zu saufen gibt. Deinen Fraß will ja keiner mehr sehen". Das traf ihn ins Mark. Unwillkürlich schossen ihm Tränen in die Augen, ohne dass er das zu verhindern wusste. Schnell wischte er sie verstohlen aus den Augenwinkeln.

Sie nahm einen kräftigen Schluck und rülpste wie ein Kerl. „Du kannst dir gar nicht vorstellen", fing sie an, „was das für ein Druck ist in der Bank. Und immer dieser dämliche Chef.

Null Ahnung, aber ich soll stets herhalten – nix da. Ab nächste Woche mache ich mein eigenes Ding. Ich habe ihn bei der Bankenaufsicht über die Klinge springen lassen. Der hat so viel Dreck am Stecken. Ich habe ihn gewarnt." Sie taumelte leicht. „Jawohl, das habe ich", sie grinste dreckig. „Ab nächste Woche bin ich Chef", ihre Augen blitzten gefährlich auf. „Ich, Beate Möllers, Sparkassen-leiterin in Wipperfürth".

Sie blickte auf ihren Mann, dann zur Flasche und nahm wieder einen kräftigen Zug. „Damit kann man sich den schrägsten Krüppel schön saufen. Woll'n doch mal sehen, ob wirklich alles kaputt ist. Komm Schatz, ich brauch was zwischen den Beinen. Wo ist denn das Vögelchen?"

Peter rührte sich nicht, wie paralysiert lag er da. So schlimm war es noch nie gewesen, mit ihren Gewaltausbrüchen, dachte er und merkte nicht, wie er dabei war, sich eine heile Welt vorzugaukeln. „Na los jetzt! Wo drauf wartest du?"

Sie hatte ihren Hosenanzug ausgezogen und stand mit einem Hauch von nichts vor dem Kühlschrank. „Na komm schon Alter, sehe ich so schrecklich aus?" Sie rieb sich ihre Hände am Körper entlang und warf ihm einen lasziven Blick zu.

Peter reagierte nicht. Wie sollte er auch? Plötzlich griff sie seinen Arm und drückte ihn mit aller Gewalt in ihre Scham. „Nun mach schon, du Krüppel!", brüllte sie herrisch. Peter sträubte sich und Beate spürte seinen Widerstand. „Oh, du willst also die harte Tour, Schatz? Kannst du haben."

Zuerst packte sie Peter an beiden Armen und zerrte ihn aus seiner hilflosen Lage. dann nahm sie den Gürtel des Hosenanzugs und fesselte ihn an den Handgelenken. An den Haaren schleifte sie ihn hinter sich her ins Schlafzimmer warf ihn auf das Bett, zerrte an seinen Klamotten und machte sich über ihn her. Er kam sich so hilflos, so benutzt vor. Zu seinem Glück oder Pech klappte es auch nicht, was sie noch wütender machte. „Du blöder Arsch, selbst dazu bist du zu doof. Ich sag`s ja! Ein Krüppel! Los, streng dich mal an! Konzentrier dich auf dein Dingen da."

Sie ergriff sein halbsteifes Glied und führte es sich ein. Sich auf ihm auf und ab bewegend, stöhnte sie: „Ja gib's mir, mach mich heiß. Streng dich an du Schwein."

Zwischendurch verpasste sie ihm rechts und links eine Ohrfeige. „Schneller", rief sie, „schneller!" Danach fiel sie ermattet zur Seite und zündete sich eine Zigarette an. „Selbst dafür bist du zu blöd", sagte sie verachtend. „Du hättest Narkosearzt werden sollen, ich habe mir sagen lassen, da spürt man auch nichts. Mein Chef vögelt mich ja noch besser als du, du Krüppel."

Nach der obligatorischen Zigarette danach drehte sie sich zur Seite und schlief ein. Vorsichtig betastete Peter im Dunkeln sein Gesicht. Ein kleines verkrustetes Rinnsal, sehr wahrscheinlich Blut, fühlte er an seiner Schläfe. Sie hatte ihn wohl mit dem Ehering dort erwischt. Alles tat ihm weh, doch nichts schmerzte so sehr wie diese seelische Pein.

Er hasste seine Frau. Er liebte sie und er hasste sie. Im Moment überwog der Hass. Er erinnerte sich an das, was sein Bruder ihm bei der Hochzeit gesagt hatte, dass sie die falsche Frau für ihn sei und ~~dass~~ er doch lieber mit ihm nach Panama kommen solle, dort betriebe er eine große Plantage für Palmöl. Später hatte er oft daran denken müssen, doch wie konnte man denn—nach Panama kommen, wenn man an den Rollstuhl gefesselt war?

An ihrem Hochzeitstag vor drei Jahren hatte sein Unglück begonnen. Da bekam sie einen ihrer ersten Wutanfälle. Sie hatte ihn die Terrassentür hinuntergestoßen.

Es war ein herrlicher Nachmittag gewesen. Gemeinsam mit Freunden, die sich aber verspätet hatten, wollten sie grillen. Er hatte sich ein paar neue Grillrezepte für Soßen, Fisch und Fleisch ausgedacht, die, wenn sie den Gästen mundeten, in seinem Restaurant auf die Speisekarte sollten.

Beate war damals komplett ausgetickt. „Immer nur deine Arbeit, immer nur deine Kocherei, deine Gäste, deine Zeit. Und was ist mit mir?", hatte sie gebrüllt. Das war so das

Letzte, das noch in seine Ohren drang, dann war es dunkel um ihn geworden. Seitdem saß er im Rollstuhl und war ihrer betrunkenen Willkür, die immer öfters zutage trat, ausgeliefert gewesen.

Natürlich hätte er sich scheiden lassen können, aber dummerweise hatten sie Gütertrennung vereinbart bei der Hochzeit. Sie als Bankerin hatte ihm den Kredit verschafft, den er für sein Restaurant, seinen Lebenstraum benötigte. Und dann nach dem Unfall war alles aus, für immer vorbei.

Sie hatte nur noch an sich gedacht, hatte gearbeitet von früh bis spät in die Nacht. Musste in der Bankenkrise auch um ihren Job kämpfen. Sie war ja jetzt der einzige Versorger.

Beate hatte ihm unmissverständlich klargemacht, aber auch auf Händen kniend, weinend ihn angefleht, ihn wegen ihrer Brutalität, die ihn zum Krüppel gemacht hatte, nicht anzuzeigen. Das wäre ja auch nicht gegangen. Wie hätte er sich den versorgen sollen? Er hatte es als einmaligen Ausrutscher angesehen, bei dem er ausgerechnet sehr viel Pech gehabt hatte.

Wenn er fortgegangen wäre, wohin denn? Wie hätte das geendet? Er sah sich so oft in seinen nächtlichen Träumen in einem Behindertenheim sitzen, abgeschoben im Rollstuhl.

Keiner kümmerte sich um ihn. Keiner sorgte für ihn. Kein selbstbestimmtes Leben mehr. Darum hatte er es ausgehalten und nichts erzählt.

Er merkte, dass sie unruhig schlief, wie so oft in letzter Zeit. Beate hatte sicher viel Stress, wenn sie jetzt vielleicht Sparkassendirektorin würde. Er wusste nicht, ob das gut oder schlecht war. Wahrscheinlich wäre sie dann noch weniger daheim und kam noch später nach Hause, aber das wäre ja gut für ihn. Andererseits, wenn es nicht lief, und sie hatte noch mehr Ärger im Job, würde sie ihn mit Sicherheit an ihm auslassen. Tränen standen in seinen Augen. Er schluchzte leise vor sich hin.

Langsam drehte sich Beate herum, er sah ihre makellose, glatte Haut, ihre Gesichtszüge, die von zwischenzeitlichen Zuckungen unterbrochen wurden, als hätte sie einen epileptischen Anfall. Ihr Mund öffnete sich, und im Unterbewusstsein fuhr ihre Zunge über ihre Lippen.

Peter versuchte, so leise zu sein, wie es ging und sich nicht zu bewegen. Sein Atem ging flacher.

Sie bewegte ihren Mund und öffnete kurz schlaftrunken die Augen und sah ihm ins Gesicht. Instinktiv schloss er die Augen und stellte sich schlafend. „Muss was trinken", nuschelte sie und wälzte sich mühsam aus dem Bett.

Während sie so zur Tür wankte, hörte er noch, wie sie sagte: „Der Alte kostet mich nur Geld und Nerven, wird Zeit das ich ihn abschiebe in ein Heim oder so".

Peter wartete, bis er seine Frau auf der Treppe hörte, dann schob er ganz langsam seine Beine zur Seite aus dem Bett, bückte sich, zog zwei Krücken unter dem Bett hervor und stütze sich darauf ab. Wackelig stand er da, aber er stand. Sein Gesicht glänzte im Dunkeln und Schweißperlen standen auf seiner Stirn vor lauter Anstrengung. Er grinste leicht. Wie lange hatte er dafür geübt. Immer nur ein Ziel vor Augen. Wieder laufen zu lernen, um seinen Bruder in Panama besuchen zu können.

Etwas unsicher und ganz vorsichtig setzte er einen Fuß vor den anderen und sah von der obersten Stufe, wie in der Küche das Licht anging. Die Kühlschranktür klapperte und Flaschen klirrten.

Nach einem kurzen Augenblick sah er, Beate wieder die Treppe hinauftorkeln. Sie setzte ihren Fuß auf die oberste Stufe und betätigte den rechts von ihr befindlichen Lichtschalter.

Entsetzen und Erstaunen zugleich spiegelte sich in ihrem Gesicht. „Du? Du kannst gehen? Wieso? Seit wann?", fragte sie.

Das war das Letzte, was sie sprach, denn ein kleiner Stoß mit der Krücke genügte und sie stürzte rücklings die Treppe hinunter. Und das Letzte, was Beate noch hörte, war die höhnische Stimme von Peter: „Nur Fliegen ist schöner, nicht wahr, mein Schatz?"

Dann lag sie mit gebrochenem Genick und verrenkten Gliedmaßen im Eingangsbereich zwischen Hauseingang, Kellertreppe und Küche. Stille, sich atemlos ausbreitende Stille lag über dem Haus.

Als Kriminalhauptkommissar Frank Czerwinski nach einer Stunde ankam, musste er durch den Keller des Hauses ins Innere gelangen. Ein Mann hatte angerufen, er mache sich große Sorgen um seine Frau. Sie wäre schon vor einer Stunde in die Küche gegangen, die sich im Untergeschoss befand. Nach einigem Gepolter vor etwa einer Stunde sei er jetzt voller Sorge, dass etwas passiert sein könnte, da seine Frau, die doch ein wenig zu viel getrunken habe, nicht wiedererschienen sei. Der Kommissar sah sie sofort am

Boden liegen, als er die Tür vom Keller zur Eingangshalle öffnete. Frau Möllers war tot, mausetot.

Der Mann am Telefon hatte ihm gesagt, er sei querschnittsgelähmt und er würde ihn in seinem Bett finden. Peter lag nun im Bett, kreidebleich und zitternd. „Haben Sie sie gefunden? Was ist mit ihr, wieso antwortet sie mir nicht?"

„Ja, es tut mir leid, aber ihre Frau hatte wohl einen Unfall. Sie muss die Treppe hinuntergestürzt sein. Sie ist tot. "Näheres können wir natürlich erst nach der Obduktion sagen. Ich werde gleich noch ein paar Leute von der „Spusi" kommen lassen, die sich die Sache hier mal ansehen sollen. "Spusi", fragte Peter, den Kommissar? „Ja die Leute von der Kriminaltechnik, Spurensicherung, halt.

„Ach so, ja, nee ist klar antwortete Peter verwirrt. Sie machen das schon und dann ganz unvermittelt!"

„Nein", schrie Peter. „Was mache ich denn jetzt so ohne sie? Ich brauche sie doch! Sie wollte doch ihren Job, bei der Bank, die Beförderung …" alles lief scheinbar durcheinander bei Peter.

„Da ist wirklich nichts mehr zu machen", sagte der Kommissar und versuchte Peter zu trösten, indem er die Hand auf seine Schulter legte. Peter schluchzte leise vor sich hin.

„Haben sie noch Angehörige, Kinder?", fragte der Kommissar?

Peter nickte. „Doch ja, sicher, einen Bruder in Panama, ich habe noch einen Bruder in Panama", wiederholte er und dann sagte er: „Ich muss ihn anrufen."

Und unsere Nachbarin Frau Hackenbroich, die kümmert sich hier um den Haushalt, wenn meine Frau nicht kann, verstehen Sie.

Der Kommissar nickte. „Machen Sie das. Wenn Sie mit beiden telefoniert haben und Sie Bescheid wissen, wie es weitergeht, rufen Sie mich an, unter dieser Nummer erreichen Sie mich Tag und Nacht." Er überreichte Peter eine Visitenkarte und verabschiedete sich, indem er an seine Hutkrempe tippte. Peter steckte weinend die Karte hinter das Kissen des Rollstuhls neben dem Bett.

Drei Tage später, morgens um Neun, für Kommissar Czerwinski, gefühlt mitten in der Nacht, riss das Klingeln seines Handys ihn aus dem Schlaf. Er hatte wohl etwas Schlechtes geträumt, leicht verkrampft krabbelte er aus Bett und suchte sein Handy. Da brummte es wieder.

„Hallo, Czerwinski am Apparat, wer ist da", fragte er, da er die Nummer nicht kannte.

„Möllers hier. Sie wissen schon. Ich habe mit meinem Bruder telefoniert. Er möchte, dass ich sofort komme. Er macht sich große Sorgen um mich, weil ich so allein bin. Meine Nachbarin ist gerade hier und hat schon für mich gepackt. Sie wird sich dann auch hier um alles kümmern."

Czerwinskis linke Augenbraue ging für einen Augenblick in die Höhe. Sein Bauchgefühl sagte ihm, dass da was nicht stimmte, doch er konnte es nicht greifen. So antwortete er lakonisch: „Das ist allerdings sehr plötzlich Herr Möllers, aber sicher das Beste für Sie. Wann soll es denn losgehen?" „Heute Nachmittag um sechzehn Uhr geht mein Flug. Ich habe gerade noch so einen freien Platz in der Maschine bekommen können".

„Hm", Czerwinski überlegte kurz. „Gut, wenn Sie wollen, fahre ich Sie hin. Zum Köln-Bonner oder nach Düsseldorf?" „Ab Frankfurt", sagte Peter Möllers. „Das würden Sie für mich tun? Das ist aber sehr nett. Ich bin Ihnen ja so dankbar. Also dann bis gleich. Ich denke, wir sollten dann so gegen elf Uhr von Wipperfürth aus abfahren".

„Ja, bis gleich." Czerwinski drückte den roten Knopf an seinem Telefon. Dann drückte er die Kurzwahltaste und ließ sich mit der Abteilung Kriminaltechnik verbinden. Nach kurzem zuhören legte er auf. Der Tatort war kein Tatort, jedenfalls gab es nichts was darauf hindeutete und die Obduktion war noch nicht abgeschlossen.

Trotzdem, er hatte ein seltsames Gefühl. Irgendwas war faul an der Sache. Er dachte nach, fand aber weder einen Grund, noch irgendeinen Beweis. Hatte er was übersehen vor Ort? Er musste definitiv noch mal in das Haus, doch zuerst machte er sich einen Kaffee, ohne Kaffee konnte Frank Czerwinski morgens nicht denken.

Auf die Minute genau klingelte Czerwinski an der Tür der Familie Möllers, in etwa gleichzeitig mit dem Briefträger, der täglich seine Runden machte.

Eine unbekannte Frau öffnete die Tür und lächelte freundlich. „Sie sind sicher der Herr Kommissar" lächelte sie ihn an und bat ihn, einzutreten. Der Postbote grüßte freundlich und drückte ihr ein Stapel Briefe in die Hand und verschwand wieder. Eigentlich wollte der Kommissar dem Briefträger noch ein paar Fragen gestellt haben, aber das konnte warten. Czerwinski kam sich leicht überrumpelt vor.

Sie verstauten das Gepäck und den Rollstuhl im Auto. Pünktlich gegen halb zwei fuhren sie am Flughafen vor.

Wollen sie ihre Frau denn nicht wenigstens erst unter die Erde bringen wandte der Kommissar ein. Peter schüttelte dem Kommissar die Hand zum Abschied. „Aber sicher Herr Kommissar, ich komme ja wieder. Es ist nur so, dass das Bestattungsunternehmen alles regelt, wenn sie die Leiche meiner Frau freigegeben haben. In der Zwischenzeit kann ich ja schon mal abschalten und mein neues Leben bei meinem Bruder planen.

Das geht am besten vor Ort. Sie verstehen das doch sicher. In Panama ist nicht alles so behindertengerecht eingerichtet wie hier in Deutschland und da ich ja bei meinem Bruder wohnen soll müssen wir ja mal sehen wie das so funktioniert.

„Czerwinski nickte. Dann wünsche ich Ihnen alles Gute, Herr Möllers." Kommissar Czerwinski reichte ihm ebenfalls noch mal die Hand zum Abschied und sah ihm nach, wie er langsam durch die die geöffnete Schranke rollte und verschwand. Er drehte sich noch mal um winkte, lächelte, und rief: „Danke, Danke für alles!"

Czerwinski sah wie er einstieg und blickte der Maschine, nach die langsam aber sicher an Fahrt gewann, abhob gen Panama und dann als dunkler kleiner Punkt nur noch in weiter Ferne zu erkennen war. Er summte leise Reinhard Mays „Über den Wolken" vor sich hin, ohne zu wissen, wie er darauf gekommen war. Panama, dachte Czerwinski, sicher ein schönes Land.

Da fiel es ihm ein. Es gab kein Abkommen zwischen Deutschland und Panama Straftäter auszuliefern. Wieso war ihm das jetzt erst eingefallen? Und wieso beunruhigte ihn das so, auf einmal? Die Spusi hatte doch nichts entdeckt. Die ganze Zeit im Auto hatten sie nur über belangloses Zeug geredet.

Er war gar nicht dazu gekommen, Fragen zu stellen zum Hergang oder über die Ehe der Möllers. Seltsam, dachte er. Und sein Gefühl verstärkte sich noch mehr, etwas übersehen zu haben. Dann machte er auf dem Absatz kehrt und lief zu seinem Wagen. Er musste unbedingt noch mal in das Haus der Möllers.

Die blonde Frau mit dem bezaubernden Lächeln wollte gerade die Tür abschließen, als Kommissar Czerwinski vorfuhr. „Hallo, Hallo! Augenblick bitte", rief Kommissar Czerwinski. „Könnten Sie mich bitte noch mal reinlassen?"

Sie blickte ihn fragend an, zuckte mit den Schultern und hielt ihm den Schlüssel hin. „Wenn Sie fertig sind, werfen Sie ihn bitte in den Briefkasten neben der Tür, Herr Kommissar. Sie wendete sich um und wollte gehen.

„Ach, einen Moment bitte noch", rief Czerwinski. „Sie kannten doch die Möllers oder nicht, Frau …?" „Wilma Hackenbroich", stellte sie sich vor. „Insbesondere für Frau Möllers interessiere ich mich sehr. Wie war sie denn so, die Frau Möllers? Oder anders gefragt: die Möllers überhaupt! Hat die Ehe funktioniert? Was war denn die Frau Möllers so für ein Mensch? Er scheint ja wirklich nett zu sein, nicht wahr?"

„Die Möllers", fragte sie. „Die Möllers, nun ja, die war schon ein richtiges Miststück!

Wissen Sie, Herr Kommissar, man soll ja nichts Schlechtes über Tote sagen. Aber die hatte es faustdick hinter den Ohren. Die hat doch mit Allem rumgemacht, was bei drei nicht auf den Bäumen war. Wenn Sie mich fragen, war die nymphoman veranlagt. Und mir kann auch keiner erzählen, dass ihr Heinz-Peter das nicht mitgekriegt hat. Also ich glaube ja sogar, dass die Frau dem ab und zu auch mal ein paar gelangt hat.

Wissen sie, Gewalt in der Ehe, so was in der Art. Er war ja ein ganz Lieber. Der konnte keiner Fliege was zuleide tun. Der hat mir auch immer so leidgetan. Man konnte richtig sehen wie er unter dieser Ehe zu leiden hatte. Ich habe mich ja dann auch seiner ein wenig angenommen. Ihn motiviert zum Arzt zu gehen und so was. Die hat auch getrunken, sagt man, aber das haben Sie jetzt nicht von mir, wenn sie verstehen, was ich meine". Czerwinski nickte. „Und was wurde sonst noch so erzählt, Frau Hackenbroich?"

„Och nix eigentlich, ich wohne nebenan, wissen Sie und ich mach schon seit dem Unfall von Herr Möllers den Haushalt bei denen." „Und sonst nix, fragte Czerwinski nach?" „Was war das denn für ein Unfall?"

„Ja da kann ich Ihnen eigentlich nicht viel zu sagen, ich habe ja dann erst später hier angefangen".

„Was wurde denn erzählt über den Unfall, Frau Hackenbroich", versuchte es Czerwinski erneut.

„Nun ja, also, da wurde gemunkelt in der Nachbarschaft, dass die Beate, also die Frau Möllers mal wieder zu tief ins Glas geschaut hatte und dann wäre es zum Streit gekommen und sie hätte ihn geschlagen und geschubst und er wäre dann die Stufen der Terrasse runtergestürzt. Aber wie gesagt, das wurde mal so gesagt. Die Versicherung hat das bestimmt alles geprüft und hat dann ja auch gezahlt, sonst hätte der Herr Möllers ja auch nie seine Sachen so durchgekriegt nicht wahr? Und der musste ja dann auch sein Lokal schließen, seinen Lebenstraum sozusagen, dass macht man ja nicht extra, nicht wahr?"

Czerwinski nickte. „Und sie hatten kein Verhältnis mit Herr Möllers, Frau Hackenbroich?" „Ach i wo. Wo denken sie hin". Sie verzog das Gesicht ein wenig. Ich habe mich gekümmert, wie man das eben macht unter guten Nachbarn".

So so, und sie haben sich nicht mehr davon erhofft? Zum Beispiel das er jetzt ihre Nachbarschaftshilfe zu würdigen weiß oder sie vielleicht sogar mit nimmt nach Panama?"

Er hatte wieder dieses komische Gefühl, dass Ermittler eben überkommt, wenn sie meinen auf eine Spur gestoßen zu sein. Sein Bauchgefühl hatte ihn noch nie getäuscht. Sie schüttelte vehement den Kopf und fuhr mit dem Gespräch fort, als wenn er nichts gefragt hätte.

„Aber gut, diese Gerüchte sind nie ganz verstummt. Sie wissen schon, wenn in der Nachbarschaft irgendwo eine Feier war und so, da wurde weiter getuschelt. Nur von den beiden kam darüber nichts mehr."

„Also da haben beide nie mehr was zu gesagt?", fragte Czerwinski nach. Frau Hackenbroich nickte beflissen: „So war das."

Der Kommissar machte sich ein paar Notizen und nickte nochmals. „Und sie bleiben dabei sie standen in keiner näheren Beziehung zu Herr Möllers?" Sie schüttelte wieder den Kopf. "Wo denken sie hin Herr Kommissar!"

„Na, da kann der Herr Möllers ja jetzt froh sein, ein anderes Leben führen zu können". Frau Hackenbroich nickte. „Ja, arm waren die nicht. Er hat jetzt sicher alles geerbt. Mir hat er ja schon vor Wochen gesagt, dass er das Haus verkaufen will".

Plötzlich hatte es Czerwinski eilig, ins Haus zu gelangen. Er verabschiedete sich von Frau Hackenbroich und flitzte ins Haus und schloss die Tür hinter sich. Sein Telefon meldete sich, der Amtsarzt war dran wie er an der Nummer erkannte.

Czerwinski hörte aufmerksam zu, dann legte er konsterniert auf. Der Kommissar hatte einen riesen Fehler gemacht, das wusste er nun. Neben den obligatorischen Brüchen die die Leiche aufwies hatte sich eigentlich nichts Auffälliges finden lassen am Körper von Beate Möllers.

Eine vergrößerte Leber und Nieren deuteten auf einen ungezügelten Alkoholkonsum hin. Außerdem hatte sie wohl eine Abtreibung hinter sich ansonsten war der Befund unauffällig. Erst beim zweiten hin schauen hatte der Amtsarzt eine kleine Runde Rötung im Brust-Schulterbereich festgestellt, wie ein Abdruck. Im Durchmesser etwa vier ein halb Zentimeter groß. Dieser Abdruck passte mit nichts überein was auf in der Nähe der Treppe oder auf der Treppe gewesen wäre. Sie konnte also auch nicht auf so einen Gegenstand gefallen sein der diesen Abdruck hätte hinterlassen können.

Was den Mediziner zu der Annahme verleitete das eventuell ein Stoß mit einem derartigen Gegenstand die Ursache für den Sturz von Beate Möllers sein könnte. Leider konnte der Doc nicht sagen um was es sich dabei für einen Gegenstand handeln könnte, aber das rauszufinden wäre ja auch Aufgabe des Kommissars.

Czerwinski sah sich um. Auf dem Küchentisch lagen die ungeöffneten Briefe vom Vormittag.

Er blätterte sie durch, ohne zu wissen, wonach er suchen sollte. Werbung, Strom, Arztpraxis des Hausarztes. Er stutzte und öffnete hastig den Brief, las und plötzlich machte es Klick. Ich Idiot, schoss es ihm durch den Kopf. Da stand es schwarz auf weiß.

„Sehr geehrter Herr Möllers.,

haben die sensorischen Messungen ihrer Nervenbahnfluktuationen die Annahme bestätigt das sie wieder mit Hilfe von Krücken laufen können und die Querschnittslähmung nur ein temporäres Erscheinungsbild sein wird. Wenn sie weiter ihre Therapie fortsetzen werden können sie in absehbarer Zeit wieder richtig laufen.

Das war es gewesen. Er hatte es gewusst. Irgendwas war faul gewesen an der Geschichte. Mit dem Brief in der Hand stürmte er die Treppe hinauf in das Schlafzimmer. Er riss die Tür des Schrankes auf und starrte auf die zwei Krücken, die ordentlich an der Rückwand lehnten. Daran war ein Zettel befestigt.

„Lieber Herr Kommissar Czerwinski, ich habe mir gedacht, dass Sie noch einmal vorbeischauen werden. Aber dann bin ich schon frei, weit weg und reich. Laufen kann ich schon wieder seit geraumer Zeit, nur wusste sie es nicht. Es hat sie auch nicht gekümmert. Wäre sie ein Mann gewesen, hätte man sie wohl als ein Schwein tituliert. So war sie einfach nur krank im Kopf. Es ist nicht unbedingt schade um sie, würde ich sagen. Jeder bekommt schlussendlich das, was er verdient. Leben Sie wohl und vielen Dank für die Fahrt zum Flughafen. Sie wissen, dass sie mich nicht kriegen können".

Kommissar Czerwinski ging konsterniert zu seinem Auto, setzte sich hinein und fuhr auf die Wache nach Gummersbach, um seinen Bericht zu schreiben. Schließlich musste er seinem Chef auch noch klarmachen, dass er einen Mörder persönlich zum Flughafen kutschiert hatte. Er stutzte und drehte das Radio lauter.

„Wie aus sicheren Kreisen verlautet, ist die LH 2701 nach Panama heute am späten Nachmittag auf dem Flug in die Hauptstadt Panamastadt mitten über dem Atlantik vom Radar verschwunden. Bisher gibt es keine weiteren Lebenszeichen. Man vermutet einen technischen Defekt. Nach Überlebenden und nach der Blackbox wird fieberhaft gesucht."

Jeder kriegt was er verdient, Herr Möllers, das stimmt, dachte sich Kommissar Czerwinski, konnte sich ein Grinsen nicht verkneifen und drehte das Radio wieder leiser.

Wenn der Durchblick fehlt oder der Holzwegeffekt

Rums! Eine kurze Stille und dann wieder. Rums!

Hilde! Hilde kannst du mir mal bitte helfen dieses vermaledeite Dingen will wieder nicht so wie ich will. Himmel Herr Gott Sakra, was für ein Mist.

Laut fluchte Wilhelm Budde mit seinem Rollstuhl. Da wieder. Rums, vor das Sideboard, eine kleine Ecke splitterte ab.

Das gute Stück, mein Gott. Hilde Budde lief aus ihrer Küche in den Flur und stemmte ihre Arme in die bemehlte Küchenschürze. Gerade war sie dabei gewesen für ihren Enkel Leon seine Lieblingsplätzchen zu backen, der Morgen zu Besuch kommen wollte.

Jürgen-Wilhelm Budde rief sie ermahnend, was ist hier los wieso demolierst du unsere Möbel und was willst du an unserem Sideboard?

Der Rollstuhl hatte sich im ohnehin schmalen Hausflur verkeilt und Herr Budde stand hilflos, fast quer im Flur. Jedes Mal wenn er mit einer Art Joystick seinen elektrisch angetriebenen Rollstuhl bewegen wollte krachte er nach vorne in das Sideboard, oder nach hinten in die Wand. Die Gummierung der Reifen hatten schon sichtliche Spuren auf der teuren Seidentapete hinterlassen.

Zornesröte stieg in ihr Gesicht.

Was machst du da? Ich wollte Briefmarken holen aus der Schublade aber ich habe wohl wieder mal diese Knöpfe verwechselt, achselzuckend und hilflos saß er vor dem Sideboard und konnte weder richtig vor, noch zurück.

Warte, mach das Dingen mal aus rief sie und eilte ihrem Mann zu Hilfe.

Beide Schalter für on und off waren schon ziemlich abgenutzt und kaum noch zu erkennen.

Sie hatte es in dem kleinen Flur nicht leicht, zwängte sich aber hinter das Gefährt ihres Mannes- Sie bat ihn sich zu erheben und am Sideboard festzuhalten. Der Gequälte tat wie ihm geheißen und seine Frau schob in dem Rollstuhl richtig zu Recht, sodass er wieder darin Platz nehmen konnte. Dann stellte sie die Elektrik wieder an und schob ihren Mann samt Rollstuhl ins Wohnzimmer zurück an seinen Schreibtisch.

Noch mal Wilhelm. Vorne der Knopf ist der On Schalter für An, das steht auch da drauf und der hinter ist für off/Aus. Da steht O und Doppel FF. Wilhelm Budde nickte pflichtbewusst. Danke Schatz.

Das wird ja schlimmer mit deinen Augen, ich denke wir sollten mal zum Optiker fahren und dir eine neue Brille holen.

Herr Budde schüttelte den Kopf. Ach quatsch, ich brauche keine neue Brille ich bin nur aus Versehen an den falschen Knopf gekommen und da war das Malheur passiert; er grinste.

Die beste Ehefrau von Allen nickte. Genauso wie du im Sommer im Gartenteich gelandet bist, oder wie du die Knöpfe verwechselt hast und uns eine tiefe Delle in die Garageneinfahrt gemacht hast. Sie lächelte milde und streichelte ihm zärtlich durch das schüttere Haar. Wofür genau brauchst du denn eigentlich die Briefmarke?

Hier! Er zeigte auf eine Rätselzeitung. Ich habe das große Gewinnspielrätsel gelöst.

Die Lösung ist Horten Sie und Blumento Pferde, sagte er.

Blumento-Pferde, was sind das denn für Tiere, sinnierte sie laut und ging zurück in den Flur um eine Briefmarke aus der Schublade zu holen. Sie schüttelte verwundert den Kopf. Zeig mal! Was sind den Blumento Pferde?

Sie überprüfte die beiden Rätsel ihres Mannes, doch die Buchstaben stimmten. Er hatte die Lösung auf einen Extra Zettel geschrieben wie in der Gewinnausschreibung erforderlich. Dieser sollte zusammen mit einem Coupon an den Verlag geschickt werden der Einsendeschluss war heute.

O je dann müssen wir ja heute noch zur Post, rief sie laut. Das passte eigentlich so gar nicht in ihren Zeitplan. Aber was sollte es, schließlich gab es zehntausend Euro zu Gewinnen.

Sie schaute sich noch mal die Wörter an.

Mensch Wilhelm das heißt doch gar nicht Blumento-Pferde.

Die Lösungswörter lauten Hortensie und Blumentopferde. Weißt du was, das wird mir alles zu viel mit dir.

Immer öfter muss ich nachsehen was du machst nur, weil du zu stur bist dir einzugestehen, dass du mit deinem alten Nasenfahrrad da nicht mehr richtig siehst. Wir nehmen jetzt den Brief werfen den unterwegs ein und dann fahren wir nach Leverkusen zum Optiker.

Ja aber??

Kein aber! Hilde zog kurzerhand ihre Schürze aus, packte ihr sieben Sachen und verfrachtete ihren verdatterten Mann ins gemeinsame Auto, natürlich nicht ohne vorher den Brief fertig zu machen, irgendwo würde unterwegs schon ein Briefkasten sein an dem man anhalten könnte.

So fuhren sie gemeinsam ins Forum nach Leverkusen zu Optiker Schmidt.

In einem letzten Versuch sich aufzubäumen begann Wilhelm in der Einkaufspassage eine Diskussion mit seiner Frau. Doch die ließ sich nicht beirren. Im Gegenteil. Sie machte sich einen kleinen Spaß daraus und fragte kurzerhand.

Was steht denn dort auf dem Schild von dem Reisecenter? Sie waren noch zirka fünf Meter davon entfernt.

Was wird das hier, eine Fragerunde oder was?

Er blickte kurz hinter sich, weil seine Frau ja den Rollstuhl vor sich herschob. Willst du mich verarschen Frau.

Da steht was von Haithi Habu für Zweitausendfünfhundert Euro. Ich nehme also an, ein Flug nach Haithi mit Halbpension oder sowas! Warum, was soll das denn?

Schatz sagte sie süffisant. Da steht nicht Haithi!

Da steht Haithaibu und das ist eine Stadt in Nordnorwegen und die Zweitausendfünfhundert Euro beziehen sich auf die angepriesene Kreuzfahrt dahin. Nun sah er auch das ein großes Schiff neben dem Preis prangerte.

So schnell wollte er nicht klein beigeben, das wäre doch gelacht, er und ne neue Brille. So was hatte er nicht nötig. Da, das konnte er doch eindeutig lesen. Er las ihr laut vor und deutete auf ein Schild mit großen Lettern auf dem stand

Barbie Kuh soße zu Disco unterpreisen, heute aus unserer Wachstube.

Ich weiß zwar nicht was sich der Werbetexter dabei gedacht hat sagte er laut zu seiner Frau aber sieh nur die Leute rennen hin. Ohne Zweifel waren in dem Lebensmittelmarkt sehr viele Leute zu sehen. Hilde schüttelte nur den Kopf.

Da steht. BBQ-Soße zu Discounterpreisen heute aus unserer Wachstube.

Und übrigens weißt du eigentlich das Leon nur eine Vier bekommen hat für seine

Deutscharbeit, die du ihm kontrolliert hast. Monika hat mich nämlich angerufen gestern und mir erzählt das er ganz enttäuscht war von dir. Das war doch gar kein Deutsch das war was mit Astrologie. Die sprachen da, von Morgenstern, Abendstern und Zwergsternen.

Nö! Das ging um Christian Morgenstern um ein Gedicht das da heißt der Abendstern und um Zwergelstern. Und du willst mir noch immer erzählen du hast kein Problem mit deiner Brille. Wutentbrannt rüttelte Wilhelm an seinem Rollstuhl, drückte auf die On Taste und machte einen Satz nach vorne in Richtung einer großen Glastür. Gerade noch rechtzeitig konnte er den Off Schalter betätigen, während er seine Frau von hinten laut rufend hörte. Unbeherrscht fluchend verschaffte er sich gehör und blaffte eine junge Frau an die vor ihm im Weg stand und wohl ebenfalls in den Optikerladen wollte. Wieso ging es denn jetzt wieder nicht vorwärts. Er blickte nach rechts und sah das sich einer der Reifen im Türscharnier verhakt hatte, ein freundlicher Herr mit Seidenschal trat hinzu und befreite ihn aus der misslichen Lage. Mürrisch und missmutig und ohne sich bei dem netten Herrn zu bedanken betätigte er seinen kleinen on Schalter und rollte vorwärts. Auch Hilde stand jetzt wieder hinter ihm und gemeinsam betraten sie das Geschäft. Verärgert seine holde Gattin wieder im Nacken zu spüren machte er noch einmal einen Satz vorwärts, denn ein Brillenglas war auf den Boden gefallen, genau in seine Spur, von wegen er könne nichts mehr sehen.

Die Geschichte von Fre und Unde

Es war einmal in ein einer längst vergangenen Zeit da regierte ein weiser und gerechter König ein großes Reich. Damit er immer weise und gerecht regieren konnte sorgte er sich um seine Bevölkerung und um Ihre Ängste und Nöte. Er nahm Sie ernst und hatte viele Berater und Gelehrte zu sich an den Hof beordert um sich in besonders heiklen Fragen bei Ihnen Rat holen zu können. Manche Dinge und Entscheidungen -stellte er aber eines Tages fest bedurften mehr als nur einer nüchternen Analyse und Sachlage der Umstände.

So beschloss der König Kundschafter zu benennen die für ihn sein riesiges Reich durchstreifen sollten, um ihm regelmäßig Bericht zu erstatten was in seinem Land vor sich ginge. Einer dieser Kundschafter war „Fre".

Fre war schon das ganze Land hinauf und hinunter gereist, immer auf der Suche nach neuen Menschen, neuen Völkern und neuen Abenteuern und Herausforderungen um diese dann dem König mitzuteilen.

Er war mit seinem getreuen Pferd „Smoky" weit geritten. Alles hatten Sie schon gesehen von den kleinen krummbeinigen Reiternomaden, die im Osten des Landes in der Steppe des Königs lebten und scheinbar im Pferdesattel geboren wurden. Nie sah er jemals wieder solche eleganten und doch wilden Reiter im Land des Königs.

Sie gaben ihm auch „Smoky" mit, einen grauen Schimmel dessen Fellfarbe an vorüberziehenden Rauch eines qualmenden, verlöschenden Lagerfeuers erinnerte.

„Smoky" war stets sein getreuer Wegbegleiter, egal wohin der König „Fre" auch entsandte stets begleitete ihn Smoky mit auf seinen langen und gefahrvollen Reisen.

Auch im Westen des Landes war „Fre" gewesen, am großen Wasser das dort das Land des Königs begrenzte. Dort traf er auf glückliche Fischer und Händler die stets bemüht waren einen guten Preis für ihre Waren zu erzielen. Nirgendwo sonst im Land sah er jemals wieder Menschen die so gut feilschten und handelten, wenn der König einen Rat suchte um ein Geschäft abzuschließen. So ließ er dies von den wichtigsten Vertretern dieser Bevölkerungsgruppe machen; in seinem Namen.

Auch im Süden des Landes hatte es „Fre" verschlagen. Er war durch die große Wüste gezogen die tagsüber so heiß war, dass der Sattel seines getreuen Freundes in der Sonne zu schmelzen begann und die in der Nacht so kalt war, dass er drei Decken auf seiner Schlafstatt benötigte um nicht zu frieren.

Und auch hier traf er im Namen des Königs auf Menschen des Königreiches, die mit Wasser und Gewürzen, mit Seide und Salz handelten und die ihre eigene Sprache und Schrift hatten. Und es dauerte geschlagene drei Jahre bis er die Wüste durchquert und einen Weg nach Hause gefunden hatte.

Wieder berichtete er seinem weisen König, der voller Neugier zuhörte. Man sandte Boten in die Wüste, dass die Leute die dort lebten, Handel mit der Hauptstadt des Königreiches treiben konnten.

Auch in den hohen Norden war Fre geritten, als der König ihn dazu aufforderte, zu erkunden, was sich dort befände. Und auch hier traf „Fre" auf freundliche Menschen von kleinem Wuchs und wettergegerbter Haut, die tief im Wald vom Holzhandel und vom Fischfang aus rauer See lebten. Der Boden war sehr karg und auch nicht überall wuchsen Bäume, manchmal nur kleine Sträucher, Beeren und Moose auf dem Steinboden.

Doch wo er auch dort hinkam, dieser Teil des Landes war nicht nur wild und unbezähmbar wie es ihm schien, es war auch reich an Wildbestand und Kleintieren die er so noch nirgend wo anders im Land des Königs fand.

Die Menschen dort lebten von der Natur und ihr Speisezettel war prall gefüllt, voller Abwechslung und reichhaltiger als sonst nirgendwo. Die Frauen verstanden sich trefflich aufs zubereiten der Speisen und die Männer waren hervorragende Jäger und Fährtenleser.

Eines Tages machte sich „Fre" wieder auf, um aus dem hohen Norden zurückzukehren und dem König Bericht zu erstatten.

Eine Besonderheit des Nordens war. dass die Sonne hier niemals unter zu gehen schien. "Fre" machte sich also bei Tagesanbruch auf und ritt immer weiter Richtung Süden der Hauptstadt entgegen.

Er war nun schon viele Tage unterwegs und wohl für einen kurzen Augenblick im Sattel eingenickt als Smoky an einer Weggabelung anhielt. "Fre" öffnete die Augen, diese Abzweigung auf seinem Weg vor ihm hatte er noch nie zuvor dort gesehen. „Fre" stutzte, glaubte er doch alle Wege und Kreuzungen des Landes zu kennen.

Er betrachtete die Landschaft ringsherum. Sanfte grüne Wiesen wechselten sich ab mit Moor und Heideland.

Weiter weg waren Wälder zu erkennen mit Bäumen die riesengroß sein mussten, denn sie wirkten selbst auf diese Entfernung immer noch gigantisch. Kein Schild war an der Weggabelung zu sehen. Beide Wege schienen ins Nichts zu führen.

Da „Fre" schon von Natur aus neugierig war beschloss er zuerst den rechten Weg und dann den linken Weg zu nehmen. Auf beiden wollte er einen Tag lang reisen um zu sehen wo sie hinführten und dann umkehren. Einer dieser Wege musste ihn ja wieder zur Hauptstadt des Königs führen. Außerdem war er nun schon so lange geritten und so konnte es nicht mehr allzu weit entfernt sein bis zu den Mauern der Hauptstadt.

Er ergriff die Zügel seines treuen Freundes und ritt langsam von dannen. Seit er die Gabelung passiert hatte war etwas mehr als ein halber Tag vergangen und „Fre" merkte, dass er müde wurde. Die Landschaft hatte sich nicht verändert und je mehr er auch den Weg entlangritt der Wald blieb immer in der gleichen Entfernung.

Plötzlich sah „Fre" vor sich einen Steg, kaum groß genug das man mit dem Pferd hinüberkonnte. Der Steg führte ihn über einen kleinen Graben indem ein kleines Rinnsal munter vor sich hinplätscherte.

Er stieg ab genoss das kühle Nass und gab auch „Smoky" zu trinken. Als er sich wieder aufrichtete sah er in einiger Entfernung Rauch aufsteigen.

Er stieg wieder in den Sattel und ritt in Richtung des aufsteigenden Rauches. Je näher er kam, umso deutlicher konnte „Fre" erkennen, dass es sich hierbei um ein Dorf handelte. Mehrere Umrisse von Gebäuden waren zu sehen und so ritt er alsbald die Straße entlang und mitten durch den Ort.

Alle Gebäude hatten die gleiche Höhe, schienen gleich groß zu sein. Vor allen Häusern waren kleine Gärten angebracht, standen Bänke oder Lehnstühle. Kinder liefen über die einzige Straße die durch das Dorf führte und spielten miteinander. Die Menschen die er auf der Straße traf grüßten ihn freundlich und „Fre" grüßte freundlich zurück.

Manche schienen Besorgungen zu machen, andere strichen ihre Häuser, wieder andere verschwanden hinter dem Haus im Garten und wieder andere unterhielten sich miteinander, tuschelten kurz, wenn er vorbeiritt und grüßten ihn, indem sie seinen neugierigen Blicken ebenfalls neugierige Blicke entgegenwarfen und lächelten.

"Fre" fühlte sich beobachtet und doch kam es ihm nicht vor als würde er bedroht, im Gegenteil, alle hier schienen etwas seltsam, aber nett zu sein.

Der Rauch den er ausgemacht hatte entstammte der Esse des Schmiedes der seine Arbeit mitten im Dorf verrichtete.

„Fre", raffte die Zügel, so dass „Smoky" stehen blieb und glitt langsam aus dem Sattel.

Seinen getreuen Freund hinter sich herziehend ging er zum Schmied herüber, der sich in seiner Arbeit nicht stören ließ. Der Mann war von großer und mächtiger Statur und seine Hände waren groß wie die eines Riesen.

Sein Kopf zierte eine struppige, ungepflegte Haarmähne die sich in einem großen Bart im Gesicht verlor. Schweißtropfen perlten an ihm herab und er arbeitete mit freiem Oberkörper ohne die Hitze seiner Arbeit zu fürchten.

Erst als „Fre" neben ihm stand blickte er kurz auf und unterbrach für einen Augenblick seine Arbeit. Unter den mächtigen Haarbüscheln blickten ihn zwei listige Schweinsäuglein an. In der rechten Hand hielt er leicht bedrohlich einen riesigen Hammer und in der anderen ein glühendes Eisen das er auf dem vor ihm stehenden Amboss in Form schlug.

„Sag wo bin ich hier" fragte Fre. „Wie heißt dieser Ort und wie nennt ihr Euch?"

Der Schmied musterte „Fre" von oben bis unten prüfend ob vielleicht Ungemach von dem Fremden ausgehen könnte.

Dann antwortete er mit einem tiefen Bass und sonorer Stimme. Wir sind Baulemänner und du Fremder bist hier in Baulemanien. Wir sind freie Bürger und werden auch immer frei sein.

Wir beugen uns keinem König und auch keinem anderen Herrscher. Wir leben schon seit hunderten von Jahren in diesem Dorf und unserer Väter und Vorväter errichteten es an der Fuhrt, die du sicher vor einem halben Tagesritt entfernt überschritten hast. Dort beginnt unser Land und dort endet es.

„Ich habe noch nie von euch gehört" erwiderte „Fre".

Ich bin „Fre", ein Kundschafter des Königs und ich treffe Menschen und besuche sie um ihm davon zu berichten. „Wie kommt es, dass wir noch nie von euch gehört und gelesen haben?"

Der Schmied begann wieder mit seiner Arbeit, indem er auf das heiße Eisen einhieb.

„Du kannst ein paar Tage bleiben. Dort gegenüber wohnt die Witwe, sie stellt dir ein Zimmer für die Nacht und Essen, wenn Du magst. Alles weitere kann sie dir berichten, wenn sie will."

„Fre" nickte. „Gerne, und mein Pferd?"

Lass es hier, ich bringe es für dich in den Stall dort drüben und werde es abreiben und versorgen.

„Danke" sagte „Fre" sehr freundlich".

Er ging auf die andere Straßenseite und klopfte an die Tür. Eine ältere Dame gut gewandet öffnete ihm vorsichtig und lächelte freundlich.

„Fre" wollte gerade erklären warum er bei ihr geklopft hatte als sie abwinkte. Sicher Herr könnt ihr hier übernachten. Es war klar das euch der Schmied herüberschickt habe ich doch das einzig freie Bett im Ort, sagte sie und bat „Fre" einzutreten. Sie zeigte ihm sein Zimmer im hinteren Teil des Hauses und teilte ihm mit, dass bei Sonnenuntergang pünktlich gegessen würde.

„Fre" war hocherfreut nach der tagelangen strapaziösen Reiterei ein warmes, weiches Bett vorzufinden.

Er war wohl doch schon etwas in die Jahre gekommen, nachdem er seine Stiefel ausgezogen hatte plumpste er auf das Bett und fiel umgehend in einen tiefen und ruhigen Schlaf.

Durch ein Geräusch geweckt schreckte er hoch. Wo war er? "Fre" dachte kurz nach und blickte rasch aus dem Fenster, die Sonne stand schon sehr tief. Im ganzen Haus duftete es herrlich nach Gewürzen und frischem Braten, Äpfeln und geschmolzener Butter. Das Wasser lief ihm im Mund zusammen und sein Magen knurrte.

Er füllte aus der Karaffe Wasser in den Bottich auf der Kommode und machte sich frisch. Kurz betrachtete er sein wettergegerbtes, zerfurchtes Gesicht im Spiegel und entschied sich seinen Drei Tage Bart zu entfernen. Danach verließ er sein Zimmer in der oberen Etage und ging hinunter nach vorne in die gute Stube des Hauses.

Die Witwe stand mit dem Rücken zu Ihr und wusch gerade Salat in einer kleinen Blechwanne in der Küche. Die Küchenecke machte die andere Seite der guten Stube aus. Ein großer Kamin teilte den Raum und vor dem Kamin stand ein riesiger Tisch, der den halben Raum auszufüllen schien. Der Tisch war prächtig gedeckt mit kostbarem Geschirr und Glas.

„Ich habe nicht allzu oft Gäste" sagte die Witwe und wandte sich dabei ihrem Gast zu. Also sollten wir das als Anlass zum Feiern nehmen.

„Fre" brannten viele Fragen auf der Seele und die Witwe versprach ihm sie beim Essen zu beantworten, zuerst solle er aber noch Holz holen hinter dem Haus, damit man den Kamin besser befeuern könne und sie es später mollig und warm hätten.

Als „Fre" wieder zurück war -mit einem beachtlichem Stapel Holz in der Hand- ist der Tisch fertig gedeckt und kurze Zeit später saßen sie zusammen daran und labten sich an den Speisen.

Es gab Salat und Truthahn, Früchtekompott, gesottenen Fisch, Pudding, Obst, Wein, Wasser und Saft.

„Fre" war erfreut über all diese Dinge und langte zu, als wenn es kein Morgen mehr gäbe. Schon lange hatte er nicht mehr so gut gespeist.

Die Witwe freute sich, dass es ihrem Gast so gut schmeckte und „Fre „erzählte von seinen Reisen und Abenteuern für den König.

Er hatte ganz vergessen die Witwe über die Menschen hier auszufragen und als im Kamin das letzte Holzscheit fast erloschen war, ging er zu Bett. Er war müde, satt und voller Frieden.

Am nächsten Morgen weckte ihn die Witwe mit sanftem klopfen an der Tür seines Zimmers und frug ihn nach Eiern und Speck.

„Da sag ich nicht Nein" antworte „Fre" und war schnurstracks hellwach.

Am gemeinsamen Tisch frühstückten sie und „Fre" erwischte sich bei dem Gedanken, dass ihm diese Art von Leben vielleicht gefallen könnte.

Nach dem Frühstück ging er vor die Tür und in den Stall, dort schaute er nach seinem treuen Begleiter. Dieser war gut versorgt und „Fre" beschloss sich den Ort und die Leute näher anzusehen.

Er schlenderte die Hauptstraße entlang. Eine helle Glocke ertönte irgendwo und die Kinder liefen zur Schule am Ende des Ortsausganges. Die Erwachsenen gingen ihrer Arbeit nach. Es gab einen Metzger, Bäcker, Sattler, Kammmacher, Schmied, einen Gerber und vieles mehr.

Wie „Fre" „erfuhr, hatte der Ort drei Mühlen. Eine für Getreide, eine für Öl und eine Senfmühle.

Die Menschen hier waren auf ihre Art reich und glücklich und vor allem schienen sie zufrieden zu sein. Er hörte kein böses Wort, keinen Streit, keinen Zwist. Nirgends gab es Unstimmigkeiten. Die Menschen versorgten sich alle selbst und lebten scheinbar glücklich und in Eintracht zusammen. Jeder hatte seinen eigenen kleinen Garten und Handel wurde nur untereinander betrieben.

Je länger „Fre" durch den Ort ging und den Leuten zuschaute und mit Ihnen sprach umso mehr konnte er sich des Eindrucks nicht erwehren, dass es nicht mit rechten Dingen zugehen konnte. Und doch es schien, als lebten alle hier wie im Paradies. Fre wunderte sich, dass noch nie jemand im Königreich von diesem Ort gehört hatte. "Baulemanien!"

Er beschloss noch eine weitere Nacht zu bleiben und wollte dann wieder zurückreiten. Schließlich musste er seinem König von diesem wundersamen Ort berichten, der so mitten im Land des Königs zu sein schien.

"Fre" beschloss die Gegend rund um das Dorf zu erkunden und stellte fest, dass das kleine Rinnsal auf der einen Seite die natürliche Grenze bildete und dass dieses Rinnsal sich durch ein kleines Tal wandte und am anderen Ende des Tales in einen kleinen Flusslauf führte. „Fre„wußte, dass alle Flüsse im Meer endeten, so vermutete er das auch dieser kleine Fluss in einen größeren mündete und so weiter.

Am anderen Ende -etwas außerhalb des Dorfes- stand eine verlassene Hütte, die unbewohnt zu sein schien. Um sie zu erreichen musste man wieder eine kleine Brücke überqueren.

Genaugenommen schien diese Hütte nicht mehr zum Dorf zu gehören, da der Fluss auch hier eine natürliche Grenze bildete. Vorsichtig überquerte er die Brücke betrat die Veranda des Hauses und pochte an die Tür. Niemand öffnete.

„Fre" rief und bat um Einlass doch seltsamerweise schien die Hütte verlassen zu sein, die Tür jedenfalls war verschlossen. Er konnte keinen Blick durch die Fenster erhaschen, da sich unterhalb seines Standpunktes eine tiefe Schlucht auftat in die der Fluss herabstürzte. Es schien als endete hier alles Land.

Hinter dem Haus schob sich eine riesige unüberwindbar erscheinende Felswand empor die bis zum Himmel hinauf zu ragen schien. Der Weg endete quasi an der Brücke. Man konnte hinüberschreiten und dann wieder zurück zum Dorf gehen. Das Tal endete hier und der Flusslauf verlor sich in den Tiefen der Schlucht.

„Fre" machte sich auf den Rückweg und als er wieder im Dorf ankam war der Tag fast zu Ende.

Die Witwe bat ihn höflich darum einige kleine Reparaturen am Haus vorzunehmen. Unter anderem sollte er die kleine Bank reparieren die draußen auf der Veranda vor ihrem Haus stand, damit sie dort gemeinsam dem Sonnen-untergang zu sehen konnten.

Ein paar Schindeln und Dachsparren auswechseln und Holz für den Winter musste auch noch gehackt werden. "Fre" tat gerne wo drum die Witwe ihn bat und so kam es, dass er doch noch drei, vier Tage länger blieb, als er gedacht hatte.

Dann nach knapp einer Woche bedankte er sich bei ihr, verabschiedete sich und ging zum Schmied der ihn so nett begrüßt und sich die ganze Zeit um „Smoky" gekümmert hatte, um sich auch von ihm zu verabschieden und zu bedanken.

Als er aus dem Ort heraus ritt bemerkte „Fre", dass sich eine lange Menschenschlange gebildet hatte. Zuerst dachte er sich nichts dabei und ritt weiter Orts auswärts. Die Menschen schienen von nah und fern zu kommen. Alle standen sie in einer Reihe an und blickten in Richtung der Berge. Sie grüßten ihn freundlich und verabschiedeten ihn, während er weiter gen Steg ritt.

Als „Fre" den Ort verlassen hatte kamen ihm einige Wanderer entgegen die sich in die Schlange einreihten und ebenfalls warteten. Manche hatten Bündel mit Essen dabei, andere Wasser. Manche standen schweigend, andere plaudernd. Alle grüßten sie ihn und stellten sich in der Schlange hinten an.

„Fre" schüttelte verwundert den Kopf, dann sah er einen der Müller, der die Senfmühle betrieb. Auch er eilte flugs von seinem Grundstück, welches etwas außerhalb des Dorfes lag, auf den Weg und stellte sich in der Reihe auf. Der Müller zog seinen Hut und grüßte freundlich.

Sag Senfmüller, was treibt dich hierher und warum verlässt du deine Arbeit? Der Wind steht gut und treibt dein Mühlrad sicher gut vorwärts. Der Müller nickte.

„Ja mein Herr", sagte er, das ist wohl wahr; doch nur einmal im Jahr hat man Gelegenheit und dann kommt der „Zuhörer".

„Der „Zuhörer" fragte „Fre"? Wer ist denn der „Zuhörer"?

Der Senfmüller zuckte mit den Schultern und sagte, schaut selbst Herr, stellt euch in die Reihe und ihr werdet sehen.

„Fre" als Kundschafter nicht unbedingt an Geduld gewöhnt, stieg vom Pferd und gesellte sich in die Reihe ein. Es kamen immer mehr Menschen aus den umliegenden Wäldern und Feldern und „Fre" staunte nicht schlecht, doch es dauerte ihm zu lange.

Er hatte nun schon bis Mittag in der Schlange gewartet und war gerade bis zum Haus der Witwe im Dorf vorgekommen, Ungeduld und Neugier packten ihn. Er schwang sich auf „Smoky" und ritt nach vorne die Schlange entlang um zu sehen wo sie enden würde.

Hier traf er einige Menschen aus dem Dorf die er wiedererkannte. Sie warteten geduldig in der Schlange, die auf der anderen Seite wieder aus dem Dorf hinausführte geradewegs über die Brücke zu dem alten fast verfallenden Haus am Wasserfall.

„Fre" band sein Pferd an einen Ast und drängelte sich vor indem er den Schmied bat ihn vorzulassen. Dieser stand nämlich schon auf der Veranda und schien auf Einlass zu warten. Die Tür des Hauses aber war verschlossen.

Der Schmied winkte „Fre" heran da er seine Ungeduld bemerkte und bat ihn sich voran zu stellen so dass er der nächste sei. "Fre" dankte ihm und trat an die Tür, diese öffnete sich und jemand trat heraus den „Fre" nicht kannte. Dann schloss die Tür wieder.

„Fre" wartete eine Weile vernahm aber kein Geräusch oder eine Stimme die ihm Einlass gewährte. So klopfte er an die Tür und bat um Einlass und Gehör.

Nach einer kleinen Weile öffnete sich die Tür und „Fre" trat ein. Die Tür schloss und die ganze Hütte schien nur aus diesem einzigen Raum zu bestehen. An dessen Ende stand ein Tisch und an diesem Tisch saß ein alter Mann mit einem langen weißen Bart. "Fre" trat an den Tisch heran und setzte sich dem alten Mann gegenüber. Er stellte sich kurz vor und sagte wer er sei. Der Alte regte sich nicht.

Ich habe gehört die Leute sagen Du bist der „Zuhörer"; „Warum sagen sie das?" Der Alte blickte auf und sein Blick war grau und stumm und teilnahmslos.

„Fre" überlegte, was er noch fragen könnte. Der Bärtige blickte auf und sprach. Ich bin der „Zuhörer".

Die Leute kommen zu mir und erzählen mir von Ihren Sorgen, Ängsten, Nöten, ihren Gebrechen, von ihrer Pein und Ihrem Leid, und ich höre Ihnen zu, das ist meine Bestimmung.

Ich bin der „Zuhörer". Wenn Du mir also nichts zu sagen hast und mich nichts fragen willst dann räume deinen Platz für jemanden dessen Sorgen ich ihm von den Schultern nehmen kann, damit er wieder fröhlich werde.

„Fre" erbat sich einen Augenblick Bedenkzeit, ob seiner Antwort, dachte über das Gesagte nach und sprach dann zu dem weißhaarigen alten Mann.

„Ich finde das toll was du hier machst. Es hilft. Die Leute sind fröhlich und heiterer, als sonst im Lande. Sie lachen und leben. Nirgends im Reiche meines Königs sah ich glücklichere und zufriedenere Menschen als hier.

„Doch wer alter Mann fragt nach Dir? Wie ist dein wirklicher Name?"

Der Alte blickte zu „Fre" über den Tisch und sagte. „Das ist eine sehr schöne Antwort mein Sohn, und eine noch bessere Frage. Geh ans Ende der Reihe und wenn du wieder da bist so werde ich sie dir beantworten, der Anflug eines Lächelns huschte über sein Gesicht."

„Fre" war mit dieser Antwort nicht zufrieden tat aber wie ihm geheißen. Er verließ das alte Haus und stellte sich ans Ende der Reihe wieder an, außerhalb am anderen Ende des Dorfes.

Es dauerte geschlagene drei Tage und Nächte bis „Fre" wieder an der Reihe war. Hinter ihm kam nun niemand mehr um dem „Zuhörer" sein Leid zu klagen.

Als „Fre" nun wieder dem Alten gegenübersaß wirkte dieser noch zermürbter und gebrechlicher als bei ihrem letzten Treffen.

„Fre" war erschrocken. Der Blick des Mannes war trüb und nicht mal der Hauch eines Lächelns huschte diesmal über sein Antlitz.

„Nun alter Mann" sagte „Fre", als er im Stuhl gegenüber Platz genommen hatte. Wie lautet deine Antwort?"

Der Bärtige alte Mann aber blickte zu seinem Gegenüber, lächelte ihn an und sagte „Unde."

„Mein Name ist „Unde"." Und du bist der erste und einzige Mensch der das bisher wissen will, antwortete der alte Mann." Und „Fre" und Unde" erzählten sich tagelang, ja sogar wochenlang Geschichten und Erlebtes.

Sie lachten und weinten zusammen. Sie erzählten sich Witze. Sie nannten die Dinge beim Namen die ihre Herzen bewegten. Sie vertrauten einander.

"Fre" zog wieder zur Witwe ins Haus ein und besuchte „Unde" jeden Tag. Sie arbeiteten zusammen. Sie aßen und tranken zusammen, kurzum von da an machten sie alles gemeinsam was man nur gemeinsam machen konnte.

Insbesondere aber erzählten sie einander und hörten dem Anderen zu.

Und so hat es sich bis heute bewahrt, dass sich zwei Menschen, die einander bedeuten sich alles erzählen und sagen können. Ebenso wie „Fre" und „Unde", „Freunde" genannt werden, und somit dieses Wort begründeten.

Star Trek Folge 2.0 -oder warum ich kein Fan mehr von Captain Kirk mehr bin (Eine Satire)

Der Weltraum: Unendliche Weiten:

Wir schreiben das Jahr 2359. Dies ist die Geschichte von einem Raumschiff mit seiner 400 Mann starken Besatzung, das losgeflogen ist um den Weltraum zu erkunden., Um fremde Welten zu erobern und in Galaxien vorzustoßen, die nie zuvor ein Mensch betreten hat.

Ja ja, das waren noch Zeiten. So fangen sie doch alle an die Geschichten vom Reisen in ferne Länder und Galaxien. Wenn einer eine Reise tut, der kann was erzählen, nicht wahr.

Wir waren doch alle so begeistert von den heldenhaften Abenteuern von Captain Kirk, Spock Pille und wie sie alle heißen.

Und alle waren auch so schön farblich markiert. Erinnern sie sich. Sind Trekki-Fans hier?

Die Roten waren immer die Sicherheitsleute, oder Technik Freaks so wie Scotty. Der Mann machte Dinge möglich, unglaublich da braucht ne Deutsche Mercedes Werkstatt Jahre für (Getriebewechsel oder so) für Scotty kein Problem. Kirk an Scotty ich brauch die Energie, oder die Hilfsenergie für die Triebwerke. Wir müssen uns schnellstens verteidigen gegen die bösen Klingonen. Die waren real.

Von wegen „Fake News", diese gab es nie im 24. sten Jahrhundert.

Standardantwort von Scotty: „Frühestens in drei Stunden Captain!"

Und Kirk dann: „Ok Scotty, du hast eine Stunde! Und was war, die Enterprise flog.

Keine Gewerkschaftspause oder Mittach. Nix da, ne Flasche guter alter Whisky, zur Not in den Tank und die „Enterprise" flog wieder. Und die bösen, bösen Klingonen, blickten in die Röhre.

Oder Leutnant Uhura, die erste sprechende Tamponage. Die hat doch alles übersetzt und verstanden, da konnte die Erde noch so weit weg sein, oder die Außerirdischen noch so fremd -egal irgendwas verstand die Immer.

Und die in Blau, immer –die Wissenschaftler–Allen voran Spock –was haben wir den vergöttert, der wusste doch alles, da sind die vier Jäger vom Vorabend-Quizduell doch lahme Schnecken gegen gewesen.

Und immer diese Logik, der war genial, der Mann der hätte nie Ehekrach bekommen können mit seiner Frau, denn Streit ist erstens unlogisch und zweitens ja total emotional.

Oder Pille stets skeptisch, die Patienten halb tot, voller unbekannter Erreger, die halbe Mannschaft infiziert, mit unbekannten Viren oder Pocken, aber er stand seinem Mann.

Einen wie Pille in die Aidsforschung, oder in ein Corona-Epizentrum gesteckt und die Sache wäre geritzt. Ja ja unsere Helden. Hör mir auf.

Und dann unser Captain Kirk

Captain oh Captain, was hat der nicht für Mut gehabt zu kämpfen und war die Situation noch so verzweifelt!

Ja davon sollte sich das englische Volk mal was von abschneiden, die da jetzt rum jammern, von wegen, dem Brexit, den hätten sie aber nicht gewollt.

Käpt`n Kirk wäre hingegangen, hätte die May geschnappt geküsst und Ruhe wäre.

Da hätte es nie einen Boris Johnson gegeben, soweit wäre das gar nicht erst eskaliert.

Der schleppte auch die hübschesten Bräute ab, keine Angst vor Aids oder wer was wie verbreitet im Weltall. Nö immer feste druff, nach James Bond Manier in die Vollen.

Der hatte ja auch den ersten Film Kuss zwischen Schwarz und Weiß inszeniert. So von wegen Schokolade trifft Milch die perfekte Vorlage für die spätere Kinderschokolade. Das war ja auch die angedachte Zielgruppe die Acht bis Zehnjährigen frühpubertierenden Süßigkeiten vernaschenden Großstadtblagen dieser Welt. Was haben wir wie gebannt auf den Fernseher geschaut, wenn die losgeflogen sind um unendliche Weiten zu entdecken. Eine Tafel Kinderschokolade in zehn Minuten war da nix.

Gut, Kirk trug natürlich dieses komische beige –braune Shirt, nicht wirklich tre-chic, sowie Sulu und Chekov, und da habe ich mich mal gefragt was die zu bedeuten hatten, und soll ich euch was sagen:" Ich habe es rausgefunden.

Um das zu erklären reise ich mit Euch kurz zurück in die Zukunft."

Wir schreiben das Jahr 2017, in einer lockeren Runde bei einem Gespräch im TV, wird das ganze dramatische Elend unserer Kindheitshelden deutlich.

Ein junger Leutnant des Heeres aus der BRD berichtete wie alles begann. Sein Name Walter Ulrich. Bei seinem zuständigen Rechnungsführer und Kommandeur stellte Ullrich folgende Fragen für eine Dienstreise:

1. Wie lange dauert nach der Reisekosten-verordnung der BRD eine Dienstreise und was ist ihr Zweck?

2. Kann man die Reisekosten erstattet bekommen bzw. die zurückgelegten Kilometer wie üblich mit einer Pauschale von 0,30 Eurocent verrechnen?

3. Welche Kostenpauschale gilt für Unterkunft und Verpflegung bzw. was ist dafür anzusetzen? Der zuständige Rechnungsführer legte diese Anfrage seinem zuständigen Kommandeur vor, mit der Frage ob er darauf antworten solle, da man sich über diese Dinge ja im Internet auch selbst schlau machen könnte. Der Kommandeur wies dann seinen Rechnungsführer an dem Soldaten bezüglich

seiner Anfragen Auskunft zu geben, das gehöre schließlich zu seinem Job.

Daraufhin erhielt der Leutnant folgende Antwort:

Werter Kamerad!

Zu Frage Eins: Das Bundereisekostengesetz sieht für Dienstreisen folgendes vor:

Eine Dienstreise ist dann eine Dienstreise, wenn sie einem geschäftlichen Zeck dient, den der Dienstherr in Auftrag gegeben hat. Sei dies zur geschäftlichen Abwicklung von Dingen, oder Forschungszwecken, Tages- oder Wochenreisen, das ist egal.

Die Regelarbeitszeit beträgt mindestens, ein Drittel des Tages, also mindestens 8 Stunden, in jedem Fall aber mindestens die Zeit von Sonnenaufgang bis Sonnenuntergang inklusiv anfallender Überstunden. Als Überstunden sind die Zeiten anzusehen die nach Sonnuntergang spätestens jedoch bis 22.00 Uhr geleistet wurden. Ab 22.00 Uhr sind Nachtzuschläge möglich, Näheres erfahren sie in ihrer zuständigen Dienststelle bei Bedarf.

Zu Ihrer zweiten Frage:

Die Pauschale (in Höhe von 0,30 Eurocent je zurückgelegtem Kilometer) ist sicherlich zulässig und kann bei Bedarf nach der Reise bei der zuständigen Dienstelle oder direkt beim für sie zuständigen Finanzamt eingereicht werden.

Für Unterkunft und Verpflegung gilt die Kostenpauschale der BRD oder des Landes in dem sie sich befinden. Unter Umständen besteht die Möglichkeit einer Zuzahlung sollten die Auslandspauschalen niedriger sein als der Standard der BRD.

Ich hoffe ich konnte Ihnen helfen.

Mit kameradschaftlichen Grüßen

Hauptmann Moßkopp
Rechnungsführer

So weit, so gut.

Wie sie wissen liebe Zuhörer, geht bei uns nichts ohne das Finanzamt und so war es nicht verwunderlich, dass der überaus erfolgreiche Herr Ulrich Walther, mittlerweile Dr. und Physiker irgendwann im Laufe seiner Karriere für die BRD tätig war.

Wie es sich gehörte reichte er seine Abrechnung dem Finanzamt ein.

Wie wir alle aus der Werbung eines großen Baumarktes erfahren haben, können wir alles Erdenkliche bewerkstelligen und regeln, aber an Heinz Kasulke vom Finanzamt kommen wir nicht vorbei.

Wir reisen also noch weiter in die Zukunft zurück. Wir befinden uns im Jahre 1993 am Schreibtisch von Heinz Kasulke vom Finanzamt Köln-Mitte.

Oder um es mit den Worten Käpt`n Picards zu sagen: "Persönliches Logbuch: Sternzeit 7.5.1993".

Heinz Kasulke staunte nicht schlecht als er folgende Abrechnung auf dem Schreibtisch hatte:

Reisezeit 26.4.1993 - 6.5.1993 also 10 Tage.

Arbeitszeit: 160 Tage; Stundenlohn 120,00 DM ohne Überstunden.

Zurückgelegte Kilometer: 6,7 Millionen a 0,30 DM, ohne Bustransfer und Flugzeug, da diese gesponsert wurden.

(Ergibt 2 Millionen und eintausend DM) dazu die Tagespauschale Essen und Getränke: 75,00 US-Dollar x 160 Tage.

12.000 US-Dollar entspricht beim derzeitigen Wechselkurs 36.000 DM.

Zusammen: 2 Millionen 37 tausend DM.

Fieberhaft rechnete Heinz Kasulke nach. Danach schüttelte er den Kopf und holte die leicht angestaubte Reisedienstverordnung der BRD hervor. Dort schlug er unter den betreffenden Paragraphen nach.

§1

Maßgeblich für die Erstattung von Reisekosten ist die dienstliche Veranlassung der Reise. Die dienstliche Veranlassung wird belegt durch eine Dienstreisegenehmigung oder eine Zuweisungs-verfügung. Diese ist jedem Antrag auf Erstattung beizufügen.

Unter einer Zuweisungsverfügung versteht man eine formlose Entsendung, z. B. zu einer Fortbildung oder

Forschungsveranstaltung die eine dienstlich veranlasste Einladung bestätigt

Die Dienstreisegenehmigung wird über ein Formblatt erteilt. Bitte benutzen Sie ausschließlich die zur Verfügung stehenden Vordruck

Erstattet werden die Fahrkosten des öffentlichen Personennahverkehrs, DB, bzw. Kilometerpauschalen bei der Benutzung eines privaten Kraftfahrzeugs. Außerdem gibt es Tagegeld oder Aufwandsvergütung.

Dieses richtet sich nach der Dauer der Abwesenheit. Entstandene Nebenkosten werden nach den gesetzlichen Vorgaben ebenfalls erstattet.

Hierzu müssen allerdings entsprechende Belege vorgelegt werden. Für die korrekte Berechnung der Reisekosten ist es unbedingt notwendig, den Reiseverlauf entsprechend den Vorgaben des Reisekostenvordrucks zu beschreiben.

§2

Dauer der Dienstreise

(1) Die Dauer der Dienstreise bestimmt sich nach der Abreise und Ankunft an der Wohnung. Wird die Dienstreise an der Dienststätte oder an einer anderen Stelle am Dienst- oder Wohnort angetreten oder beendet, tritt diese an die Stelle der Wohnung.

Selbsterklärende Auskunft des Unterzeichners:

Vom 26.4.1993-6.5.1993 war ich Walther Ulrich, teil des Teams auf der Challenger Mission der BRD.

1. Da ein Tag im All durch die natürliche Reisegeschwindigkeit 90 Minuten dauert (Sonnenaufgang – Sonnenuntergang) erlebte ich in 10 Tagen logischerweise 160 davon.

Dies lässt den Rückschluss zu, dass ich ein natürliches ‚Recht auf 160 geleistete Arbeitstage habe.

2. Die dabei von meinem Team und mir zurückgelegte Entfernung liegt bei 670.000 km pro Tag oder 16 x um die Erde. An 10 Tagen sind das dann 6,7 Millionen zurückgelegte Kilometer.

Während dieser Zeit stehen mir also auch 160 Tage a 75US-Dollar zu, da es sich hierbei um den derzeit üblichen Verpflegungssatz für Dienstreisen in den USA handelt.

Start war das Kennedy –Space –Center in Florida. Die Bustransfers vom Hotel zur Challenger wurden von der NASA gesponsert. Ebenso der Hin- und Rückflug von insgesamt 16.000 km aus der BRD in die USA und zurück.

Auf die 25 km vom Flughafen Köln Wahn zu mir nach Hause möchte ich aufgrund der immensen Summen verzichten, um dem Staat nicht unnötige Kosten zu verursachen.

Heinz Kasulke kratzte sich wiederholt am Kopf, konnte allerdings keinen Fehler finden. Er genehmigte die entstandenen Kosten und erstatte den Betrag umgehend.

Und das liebe Trekkifreunde hat mich dermaßen entsetzt. Mir war auf einen Schlag klar was die Männer in ihren beigen braunen Shirts darstellten. Nichts Anderes konnten sie sein, als Verwaltungsfachangestellte und das im 24.sten Jahrhundert.

Captain Kirk, nichts anderes, als Ober-Verwaltungsrat mit einem Führerschein für ein Raumschiff. Jetzt war auch ganz klar warum Sulu und Chekov niemals sterben konnten in den Folgen. Wer hätte den sonst die ganzen geflogen en **Miles and More** notieren können?

Der eine erfasste die Kilometer, wenn Kirk sagte Energie und der Andere fing zu rechnen an, wenn Kirk sagte Chekov übernehmen sie das Steuer, Neuer Kurs.

Mein Käpt`n, mein Held der Kindheit, nichts als ein Sesselfurzer! Noch schlimmer, die Serie wurde ja fortgesetzt. Jetzt weiß ich auch warum sie den Typen Data getauft hatten, der hat alles in einer Person erledigt.

Wofür die vorher zwei Leute am Steuer brauchten und vierhundert Mann Besatzung.

Was meinen Sie, was die da unten im Bauch vom Schiff gemacht haben? Rechnungen haben die gedruckt, seitenweise, Rechnungen an die zuständigen Finanzämter und Dienststellen im Weltraum. Von wegen in der Zukunft ist alles besser. Wir entwickeln uns zu bürokratischen Übermonstern.

Na ja was soll`s. Gehen wir wieder zurück in die Zukunft! Diesmal in die Richtige.

Dr. Walther Ulbricht hat das wirklich in einem Interview mal erzählt das man das so hätte abrechnen dürfen. Er hat es nicht getan! Das Deutsche Reisekostengesetz gab das zu diesem Zeitpunkt wirklich her. Und was soll ich Ihnen sagen, liebe Trekki Fans! Wissenschaftler haben ausgerechnet das man mit 0,7 % des Bruttoinlandprodukts, wirklich das Geld in den USA hätte, eine Original Enterprise zu bauen und auszustatten. Übrigens schon im Jahr 2001.

Die Technik ist da und auch das Geld. Nur seit Herr Trump fehlen den Amerikanern die Verwaltungsfachkräfte, weil er alle entlassen hat, denn er macht ja „Amerika Great Again."

Doch was stört es uns, ist Kirk doch sowieso waschechter Kanadier, mit Aufenthaltsrecht in den USA.

Aber wer weiß, vielleicht stellt ihn Trump ja noch ein, als Verwaltungsfachwirt mit Flugerfahrung oder so!

In diesem Sinne lebt lange und in Frieden!

Gruseln/Julia

Was ist es das uns gruseln lässt? Diese Frage ist sicher schon so alt wie die Menschheit selbst.

Sie hat mit unserem Selbsterhaltungstrieb zu tun und mit der Arterhaltung. Der Körper sendet Signale aus und warnt uns vor bestimmten Situationen die für ihn unbekannt sind und somit Gefahr bedeuten könnten. Achtung, pass auf dein Überleben hängt davon ab.

Ein für uns wichtiges Indiz aus unserer Zeit, als wir noch wie unsere Vorfahren in der Natur unterwegs waren. Ein Urinstinkt sozusagen. Denn hinter jedem Busch konnte die Gefahr lauern in Form eines Säbelzahntigers, eines Skorpions oder einer Schlange, aber eben auch der böse Mitmensch und das waren nicht immer nur böse Schwiegermütter.

Was ist das für ein Gefühl, sich zu gruseln? Es kann Spaß machen! An Halloween sich oder andere zu erschrecken. Nichts ist lustiger für uns, als in die entsetzten Gesichter unserer erschrockenen Nachbarn und Freunde zu sehen. Das ist nach dem Gruseln, nachdem Angst haben, regelrecht befreiend für den Menschen. Man freut sich eine heikle, vielleicht unklare Situation gut überstanden und gemeistert zu haben.

Manche Menschen haben einzelne Ängste, vor allem Möglichen, vor Tieren, Menschen, Dingen oder Ereignissen wie Gewitter, Tornados und anderen Naturphänomenen.

Vor Geräuschen, aber auch immer vor dem Unerklärlichen, vor dem Fremden.

Mittlerweile kennen wir sehr viele sogenannte Phobien. Sie zählen in den meisten Fällen zu den psychischen Erkrankungen und haben ihren Ursprung in für den einzelnen Betroffenen traumatischen Erlebnissen.

Manche nennt man auch soziale Phobien. Bindungsängste, oder die Angst unter Menschen zu gehen, häufen sich. Eins ist gewiss, Menschen, die unter Phobien leiden, werden schneller Opfer von Grusel- und Schockmomenten.

Bleibt eigentlich nur noch zu klären, was in uns passiert beim Gruseln. Wie reagiert der menschliche Körper?

Da wir Wesen aus der Natur sind, liegt es in genau dieser, auf alle Warnungen zu achten die das Leben so mit sich bringt. Und das macht unser Körper auch. Sobald etwas unklar oder erschreckend ist, schüttet er Adrenalin aus. Er macht sich abwehrbereit. Das passiert im Gehirn. Und obwohl unser Verstand auch im Hirn ist, wird er sozusagen für einen Moment überrumpelt.

Unser Körper wird in einer Gefahrensituation überschüttet mit Hormonen, um sich zu retten. Erst später, wenn das Gehirn wieder funktioniert, und wir den Bluff erkennen oder die Gefahr gebannt scheint, senden wir aus dem Gehirn Endorphine in den Körper.

Endorphine sind Glückshormone. Wir belohnen uns quasi selber, die Gefahr gut gemeistert zu haben, oder lachen erleichtert und befreit auf, weil wir die Situation eben als Scherz entlarvt haben. Das erinnert mich immer an die Gruselgeschichten, die rund ums Lagerfeuer erzählt wurden. Ganz gespannt hörte man zu und wenn dann ein

Ast irgendwo hinter einem knackte, standen einem wirklich die Haare zu Berge als Warnung. Und genau so ergeht es uns noch heute. Dabei kommt wieder eine Erinnerung auf, an meine Jugendzeit. Da gab es doch immer diese Grusel-Comics.

Die Geschichten waren abstrakt, unerklärlich, gruselig, aus längst vergangenen Zeiten. Doch sie endeten immer mit dem gleichen Satz, der da lautete: „Seltsam, aber so steht es geschrieben".

So, liebe Leser, da sie jetzt genügend Kenntnis über das Gruseln besitzen, möchte ich Ihnen Julia vorstellen. Julia heißt mit vollem Namen Julia von Wellenstedt, ist Mitte dreißig und leidet unter Anthropophobie, eine soziale Erkrankung ihrer Psyche.

Genauer gesagt, traut sich Julia nicht mehr wirklich vor die Tür. Sie hat Angst vor den Menschen und vor großen Menschen Ansammlungen. Ihre sozialen Kontakte beschränken sich auf das Internet und seine Bekanntschaften und aus dem Wissen, dass sie daraus zieht. Julia weiß, dass sie krank ist und hat etliche Versuche mit und ohne psychologischer Hilfe hinter sich gebracht, die trotz größter Bemühungen, stets erfolglos blieben.

Julia

Die Sonne stand schon tief im Westen. Das konnte Julia gerade noch so erkennen durch die Ritzen des nicht ganz geschlossenen Rollos ihres Wohnzimmers. Julia wohnte nach dem plötzlichen Unfalltod ihrer Eltern alleine in dem großen Haus. Im Haus, eher eine Villa, nutzte Julia aber nur die unteren drei Räume, die Küche, um sich ab und an was zu essen zu machen. Das kleine schmucke Gäste Bad direkt neben der Eingangstür, sowie das geräumige Wohnzimmer.

Hier hatte sie sich eingerichtet. An den Wänden fand sich ein Sammelsurium von Souvenirs ihrer Eltern, die diese aus fernen Ländern mitgebracht hatten. Eine Machete aus Mexico hing ebenso an der Wand wie eine alte Muskete aus der Zeit Napoleons, auch ein Trommelrevolver lag in einer Vitrine.

Zahlreiche Fotos ihrer Eltern und wichtigen politischen Persönlichkeiten der Geschichte zierten die Wände.

Julias Eltern waren im diplomatischen Dienst gewesen. Meist schlief sie auf der mittlerweile schon ziemlich heruntergekommenen und verschlissenen Couch. Oft geschah es aber, dass sie einfach vor ihrem PC einschlief.

In der oberen Etage befanden sich noch ein Gästezimmer, dass ehemalige Schlafzimmer ihrer Eltern samt großem Bad und Ankleidezimmer, außerdem ihr früheres Kinderzimmer mit Bad, eine Abstellkammer und das Büro ihres Vaters.

Nachdem Unfalltod ihrer Eltern hatte sich zuerst noch der Bruder ihres Vaters von Wellenstedt um sie gekümmert. Dieser hatte dafür gesorgt, dass sie das Haus halten konnte, die Schule beendete und eine Lehre als Bürokauffrau erfolgreich abschloss.

Der Onkel richtete ihr ein Konto ein auf dem das Geld deponiert war, das ihre Eltern ihr vermacht hatten. Dann an ihrem achtzehnten Geburtstag war der Bruder verschwunden. Einfach so, ohne ein Wort. Nicht mal einen Abschiedsbrief hatte er ihr hinterlassen.

In ihrer Freizeit hatte Julia immer und immer wieder versucht, mehr über den Unfall ihrer Eltern in Erfahrung zu bringen. Doch wo sie auch suchte, nirgends fand sich ein geeigneter Hinweis.

Ihre Eltern waren damals in die USA gereist und mit einem Mietwagen durch die Staaten unterwegs gewesen. Von der Ostküste zur Westküste, quer durch den Kontinent.

Das Einzige was man ihr noch zugesandt hatte, waren die blutbeschmierten Sachen ihres Vaters. Von ihrer Mutter fehlte jede Spur. Seit dieser Zeit plagten Julia regelmäßig, schreckliche Alpträume von einem Auto und einer Machete.

Auch heute, mehr als zwanzig Jahre nach dem Unfall, suchte sie immer noch das Internet ab nach Zeugen oder Aussagen. Ihr Job im Homeoffice eröffnete ihr da ungeahnte Möglichkeiten. Doch sie wachte immer auf, weil ihr das entsetzte Gesicht ihrer Mutter entgegen starrte. Sie wusste nicht, warum die Mutter so schaute, wahrscheinlich war es das Entsetzen selbst, was sie wach werden ließ, oder das Entsetzen der Mutter vor dem Aufprall.

Ihr Vater kam so gut wie gar nicht mehr in ihren Träumen vor. Nur manchmal sah sie sich als kleines Mädchen unter dem Bett liegen, vor lauter Angst vor den bösen Monstern, die überall um sie herum lauerten. Die auf Wände schrieben, oder seltsam schnaufend an ihrem Bett standen

„Das bildest du dir nur ein, Kleines", sagte ihr Vater dann im Traum und versuchte sie damit zu beruhigen. Dann hob er sie hoch und legte sie ins Bettchen. „Du bist doch schon mein großes Mädchen oder nicht?"

Er strich ihr eine blonde Locke aus dem Haar und legte begütigend seine große Hand auf ihren Kopf, tätschelte ihre

Wange, gab ihr einen Kuss auf die Stirn und deckte sie mit ihrer Lieblingsdecke mit Arielle der Meerjungfrau, darauf zu.

Julia seufzte, seelenverloren. Der Computer piepte. Eine Nachricht von ihrer Freundin Nina ploppte auf dem Bildschirm auf. „Möchtest du am Wochenende mit uns nach Köln zum Tanzbrunnen? Da spielen die „Brings" ein Livekonzert. Ein sogenanntes Strandkorbkonzert, wegen Corona. Du weißt schon wegen Abstand und so. Die Zuschauer sitzen da alle im Strandkorb, können sich Essen und Getränke mitbringen und lauschen der Musik. Hast du Lust mitzukommen? Heike, Pascal und Johannes wollen auch mit". Abschließend folgte noch eine kurze Notiz: Ist für einen guten Zweck!

Dass waren alles Arbeitskollegen, die Julia aber nur flüchtig kannte. Einzig zu Nina hatte sie ein wenig Vertrauen und chattete ab und an nach Feierabend noch mit ihr.

Ansonsten pflegte Julia kaum soziale Kontakte. Es interessierte sie auch nicht sonderlich.

Während sie zum Kühlschrank in der Küche ging, um sich was zu essen zu holen, dachte sie kurz über die Nachricht nach.

Nina wusste aber genau so wenig wie ihre übrigen Kollegen etwas von ihrer Phobie, unter Menschen zu gehen. Julia öffnete den Kühlschrank. Leider war nichts Essbares darin. Ein paar Schmeißfliegen ärgerten sie und flogen wild umher, da sie sich durch Julias Bewegungen gestört fühlten. Wild wischte sie mit ihren Händen durch die Luft, konnte aber keine fangen. „Drecksviecher" murmelte sie mehr in sich hinein. Sie überlegte kurz, blickte auf die alte verstaubte und vergilbte Küchenuhr an der Wand. Die Uhr zeigte Viertel nach drei am Nachmittag an. Das konnte nicht sein.

Julia schlurfte zurück ins Wohnzimmer warf einen kurzen Blick in den Spiegel im Flur, kämmte ihre wilde blonde, strähnige Wuschelmähne, nahm sich einen Haargummi von der Flur-kommode und band sich die Haare im Nacken zusammen. Sie zog sich ihre Jeans an und einen kleinen knappen Pulli, der ihren Bauch frei ließ. Dann schrieb sie Nina, dass sie noch zu viel Arbeit hätte und nicht mit könne zum Konzert, ihr aber viel Spaß wünschte. Die Uhr am PC zeigte kurz nach einundzwanzig Uhr.

Julia steckte sich etwas Geld ein und zog sich ihre knallroten neuen Sneakers an, die sie sich im Internet bestellt hatte. Wenn sie sich beeilte konnte sie kurz vor Kassenschluss am Rewe Einkaufsmarkt sein. Sie steckte sich ihren Schnutenpulli ein, und machte sich mit ihrem Fahrrad von der „-Neyesiedlung-" in Wipperfürth auf, um noch ein paar Kleinigkeiten zu besorgen. Sie hatte Lust auf Salat und ein leckeres Steak.

Julia wusste aus Erfahrung, dass um diese Zeit kaum noch Menschen im Einkaufsmarkt sein würden. Das kam ihr sehr gut zupass. Sie hatte sich schon lange vor Corona angewöhnt, den Menschen aus dem Weg zu gehen. Julia störten Menschen. Sie war gerne allein für sich. Sie spielte als Kind schon immer mit imaginären Freunden. Sie hasste die Menschen nicht, sie mochte sie aber auch nicht besonders. Meist waren sie nervend, stellten irgendwelche sau blöden Fragen oder gaben dumme Kommentare von sich. Sie wusste auch nicht, warum das so war. Manchmal glaubte sie, dass etwas mit ihr nicht stimmte, so sehr sie sich auch versuchte, zu erinnern, wann das angefangen hatte.

Sie kannte keine einzige Freundin oder Klassenkameradin von früher. Ihre Eltern waren im diplomatischen Dienst gewesen und dadurch oft umgezogen. Julia hatte Internate besucht in der Schweiz und in Deutschland doch sie erinnerte sich nicht daran.

Julia wusste nur, dass sie zu Panikzuständen neigte bis hin zu Atemnot und Brechreiz, wenn zu schnell zu viele Menschen um sie herum waren. Nähe konnte sie nicht vertragen. Nicht zulassen. So oft hatte sie es versucht, mit Jungens, mit Mädels.

Jedes Mal war sie weggerannt, oder hatte Ausreden gesucht, um für sich zu sein. Gut gelaunt, weil so wenig zu tun war im Geschäft, nahm sie sich Zeit und stöberte in der Salatbar herum. Schließlich entschied Sie sich für eine Auswahl von Romanasalat und Kopfsalatherzen, dazu gönnte sie sich ein French-Dressing. An der Fleischtheke gab man ihr noch ein schönes Filetstück. Sie nahm gerne den Filetkopf der war immer etwas breiter, und nicht so schnell durchgebraten. Sie liebte ihr Steak stets blutig. Zwei Minuten von beiden Seiten waren definitiv genug, dachte sie sich. Dann ging sie zur Kasse.

Eine Gruppe von etwa sechs oder acht Jugendlichen trödelte noch an der Kasse herum. Julia wartete geduldig am Zeitungsstand blätterte lustlos in einer Zeitschrift und behielt die einzig offene Kasse im Auge. Dann waren die Jugendlichen fort und verschwanden lärmend nach draußen.

Zielstrebig fuhr Julia mit ihrem Einkaufswagen in Richtung Kasse. Gerade wollte sie den Salat und das Dressing schon auf das Band legen als eine Frau sich dazwischen drängelte. „T`schuldigung, sorry, tut mir wirklich leid. Ich hab`s eilig, ich darf doch eben?" Sie winkte mit einer Schachtel Pizza Funghi und einem Getränkepfandbon. „Ich sterbe vor Hunger, müssen Sie wissen. Wenn ich jetzt nach Hause komme, dann noch rasch die Pizza in den Ofen. Ich liebe Pizza. Ich würde sterben für Pizza. Sie auch?" Sie lächelte ein, wie sie glaubte gewinnendes Lächeln zu Julia hinüber und blickte auf den Salat auf dem Band.

Allerdings war das Lachen durch die Batmanmaske, die sie trug, verdeckt. Lediglich ihre Augen formten sich zu kleinen Schlitzen. „Veganerin?" Demonstrativ warf Julia das Steak in den Ring, sprich auf das Band, ohne eine Miene zu verziehen. „Wohl eher doch nicht", sagte die Frau die sich vorgedrängt hatte. Doch selbst wenn, was hätte es gebracht, unter dem Mundschutz sah man ja eh nichts, also unterließ Julia jeden Versuch eines Protests und breitete mit einer freundlichen Geste wortlos die Arme aus, um zu signalisieren, dass sie die Frau vorlassen würde. In diesem Moment rief die Kassiererin dazwischen. „Watt ist denn jetzt die Damen wir schließen gleich, oder soll ich noch ne Verkehrsfunkmeldung absetzen, „Stau in Wipperfürth West an Kasse Eins, oder so?"

„Alles klar", sagte die kleine hektische Batmanmaske etwas aufgeregt, kramte in ihrer Manteltasche herum, während die Kassiererin tippte. „Dann kriegen sie noch vierundsechzig Eurocent raus." „Stimmt schon", sagte die Frau und nahm mit der einen Hand die Pizza. Mit der anderen drückte sie Julia eine kleine Visitenkarte in die Hand.

„Wenn Sie Zeit und Lust haben kommen sie vorbei und klingeln mal, an meiner Haustür. Sie sehen einsam aus Kind. Ich habe einen Blick für so was! Mit Ihrer Aura stimmt auch was nicht, Kindchen!"

Julia blickte auf die Karte. Doktor Eva Schölermann war darauf zu lesen. Julia schätzte die Dame auf dasselbe Alter wie sie um Mitte dreißig, konnte das aber wegen der Maske auch nicht wirklich mit Bestimmtheit sagen. Lebenshilfe in allen Lebenslagen, therapeutische Hypnose, psychoanalytische Beraterin.

Beratungstermine nach Vereinbarung, stand auf der Karte. Etwas verwirrt zahlte Julia ihre Waren. Mit meiner Aura stimmt was nicht? Sie schüttelte den Kopf und schwang sich auf ihr Rad. Sie wollte nur noch schnellstmöglich nach Hause. Die Frau und die Visitenkarte gingen ihr aber nicht mehr aus dem Kopf.

Am nächsten Nachmittag rief sie an und wollte einen Termin vereinbaren. Sie wusste nicht mal wieso? Sie wusste auch nicht, was sie antrieb. Irgendetwas zog sie wie magisch zu dieser Frau.

Leider war Frau Schölermann nicht persönlich zu erreichen und nur der Anrufbeantworter war dran.

Auf dem war vermerkt, dass sie heute Abend ab neun Uhr eine öffentliche Sitzung halten würde für alle Interessierten, die mit Problemen beladen gerne zu ihr kommen könnten, um gemeinsam Lösungen zu finden. Keiner müsste alleine bleiben mit seinen Problemen, meldete die Bandansage.

Natürlich hatte sich Julia vorher im Internet erkundigt und einige interessante Artikel gefunden. Die handelten zum Teil von Wahrsagerei, von Vorhersagen, die natürlich nicht eingetroffen waren wie der Weltuntergang oder Ähnliches. Offen gesagt, schien die Frau doch eher eine Scharlatanin zu sein, eine Hexe.

Natürlich wusste Julia, dass es keine Hexen gab. Doch niemand ließ kaum ein gutes Haar an dieser Frau. Die aber, die Gutes von ihr berichteten schienen begeistert zu sein und waren voll des Lobes über sie. Sie hätte ihnen neuen Lebensmut gegeben, die Augen über sich selbst geöffnet und es dadurch möglich gemacht neue Wege zu beschreiten. Manche wollten sie heiligsprechen, andere sie verfluchen.

Wieder andere behaupteten sie sei besessen.

Alles in allem war Julia so neugierig geworden, dass sie sich selbst ein Bild von dieser Frau machen wollte.

Das Wetter war schwül, es konnte jeden Augenblick anfangen zu regnen. Die Luft war zum Schneiden dick, fand Julia. Trotzdem schwang sie sich um halb neun auf ihr Rad und radelte zur angegebenen Adresse, "Zum grünen Sattel", einer ehemaligen Gaststätte kurz vor Wipperfürth-Hämmern.

Wenn man aus dem Kreisverkehr Richtung Hückeswagen, fuhr lag das halb verfallene Haus auf der linken Seite. Julia erinnerte sich, dass die Gaststätte schon seit ihrer Kindheit nicht mehr betrieben wurde. Da in dem Gemäuer sollte jemand wohnen? Sie konnte sich nicht vorstellen, dass das Haus überhaupt noch eine einzige ganze Scheibe besitzen würde, geschweige denn bewohnbar war.

Langsam näherte sie sich dem Haus. Ein kräftiger Wind kam auf und mit ihm fielen die ersten dicken Regentropfen auf den Asphalt. Sie musste sich sputen, um nicht gänzlich nass zu werden. Rasch kam sie dem Haus näher. Eine kleine Laterne wackelte im Wind hin und her. Die Wolken wurden immer dunkler. Von weitem vernahm man Donnergrollen.

Ein richtiges Sommergewitter rollte heran. Drüben von der Sanderhöhe her, war es schon ganz finster. Der Wind trieb die Wolken rasch vorwärts und peitschte die Regentropfen immer heftiger auf den Asphalt. Man glaubte fast, die Welt würde untergehen. Noch fünfzig Meter, noch dreißig, geschafft, sie war angekommen. Das Haus stand verlassen und dunkel vor der großen Felsenwand. Die Fenster an der Vorderseite waren alle gesplittert. Ein Bauzaun versperrte den direkten Zugang zur Vorderfront des Hauses, davor war zur Warnung rotes Flatterband über die vordere Frontseite gespannt und sollte neugierige Leute abhalten in das Haus einzudringen.

Ein Schild wies auf die Einsturzgefahr hin. Das konnte nicht übereinstimmen mit der Adresse. Lediglich die kleine Laterne baumelte wild im Wind hin und her, neben ihr stand die Hausnummer 21, ein Pfeil zeigte an, dass der Eingang hinter der Hausecke lag. Die Adresse stimmte also doch. Julia stellte ihr Rad vor einem der kaputten Fenster im Erdgeschoß ab.

Dann ging sie um das Haus herum und befand sich nun zwischen der Felswand und dem Haus. Auf dieser schmalen geschützten Seite waren die Fenster noch intakt, eine kleine einfache Holztür war der Eingang zum Haus. Eine große Eisenstange zierte freischwebend den rechten Eingangsbereich. Julia zog an der Stange, eine melodische Klangfolge ertönte.

Die Tür öffnete sich wie von Geisterhand bewegt einen Spalt und aus dem Inneren erklang die Stimme der Frau, die Julia im Supermarkt gesehen hatte.

„Komm ruhig rein, mein Kind, wir erwarten dich schon zu unserer Sitzung". Vorsichtig öffnete Julia die Tür, zwischen Neugier und Panik hin und her gerissen. Ihr Herz schlug bis zum Hals. Sollte sie umkehren? Nein jetzt war sie so weit gegangen, außerdem donnerte es und blitzte, hier war es wenigstens warm. Julia war neugierig auf das was nun geschehen würde,

„Komm nur rein. Desinfektionszeug findest du im Flur. Gehe dann geradeaus durch die erste Tür die du siehst. Wir sitzen alle hier am Kamin in einer lockeren Runde zusammen. Hier ist es angenehm warm", sagte die Stimme.

Wie magisch angezogen überschritt Julia die Schwelle der Tür. Kerzenlicht flammte auf mit jedem Schritt den sie weiter in den Gang trat. Das Ende des Flurs war nicht zu erkennen. Nach etwa zwei Metern erblickte sie links vor sich eine alte Keramikschüssel mit Wasser und eine Seifenschale mit Kernseife darin. Daneben ein kleines Fläschchen mit Desinfektionsmittel. Darüber hing ein alter barocker Spiegel und ein Zettel mit der Aufforderung nach dem Desinfizieren die Gesichtsmaske abzulegen, da im Raum für genügend Abstand gesorgt wäre.

Julia erledigte ihre Desinfektionspflichten. Vor Aufregung hatte sie vergessen die Maske aufzuziehen. Sie vergewissert sich aber noch mal sie mitzuhaben, falls ihr doch jemand zu nahekommen würde. Julia ertastet ihren Schnutenpulli in ihrer rechten Hosentasche. Sie folgte einem kleinen Pfeil der ihr den Weg wies. Die Kerzen am Spiegel erloschen wie von Geisterhand und weitere Kerzen vor ihr flammten auf. Bewegungsmelder, dachte sich Julia, doch beim genaueren Hinschauen sah sie, dass es echte Wachskerzen waren. Rauch stieg auf, wenn sie ausgingen. Sie brannten immer nur so lange wie sie in der Nähe der Kerzen stand. Langsam wird es ihr unheimlich. Am liebsten wäre sie wieder gegangen. Da sah sie eine große schwere alte Eichentür vor sich, auf der in altdeutschen Lettern „Gaststube" stand. Die Tür knarrte und knarzte, als sie sich ohne Julias zutun öffnete. Ein Stuhlkreis war im Raum aufgebaut und dahinter prasselte ein warmes Kaminfeuer. Julia konnte sich gar nicht erinnern draußen Rauch wahr-genommen zu haben. War der Schornstein nicht verfallen? „Setz dich, Kind!" Aus dem Dunkel des Raumes zu ihrer rechten Seite dirigierte sie die Stimme an ihren Platz im Stuhlkreis: „Direkt vor den Kamin bitte, mein Kind!"

Ich bin nicht ihr Kind rief Julia in den Raum, andere hätten wohl Angst bekommen. Julia nicht. Sie mochte es allein zu sein.

Niemand ist zu sehen. „Wo sind Sie?" ruft sie in die Richtung aus der die Stimme kam." „Und wo sind die Anderen?" „Sie sitzen auch hier," sagt die Stimme der Frau, die merkwürdigerweise von Oben kam. Julia dachte, es sei ein Lautsprecher und fand die Idee gut wegen der Abstandsregel. Schon raffiniert gemacht dachte sich Julia. So kann sie trotz Abstand die Gruppe leiten.

„Die anderen sitzen in ausreichendem Abstand zu dir entfernt, deswegen kannst du sie nicht erkennen, kleine Julia, doch sie sind da. Würdest du dich bitte vorstellen und uns deine Geschichte erzählen."

„Einfach so, fragt Julia?" „Wie du magst, antwortete die Frau wie aus dem Off." Julia war unsicher. Im Halbdunkel des Raumes erkannte sie in einiger Entfernung zwar ein paar Stuhlbeine und die Umrisse einer Couch, doch sie sah keinen Menschen.

Sie vernahm ein Räuspern, es schien also doch noch jemand da zu sein. Die innere Anspannung in Ihr legt sich etwas und sie begann mit der Vorstellung ihrer Person.

„Mein Name ist Julia von Wellenstedt. Ich komme aus Wipperfürth und suche schon seit meiner Kindheit meine Eltern. Die sollen bei einem Unfall ums Leben gekommen sein, doch so recht mag ich daran nicht glauben.

Ich weiß nicht wieso, aber stets plagen mich Alpträume und eine innere Unruhe. Darüber bin ich ganz krank geworden. Ich mag Menschen nicht sonderlich und fühle mich allein am wohlsten".

Sie machte eine kleine Pause, keine Reaktion. „Ich bin sechsunddreißig Jahre alt und arbeite im Homeoffice als Bürokauffrau für eine große Export-/Import-Firma.

Mein Arzt sagt ich leide unter Anthropophobie, also allgemein unter Angst vor den Menschen. Ich hasse Menschansammlungen". So jetzt war es raus. „Und wieso bist du hier?"

„Ich war neugierig und dachte, wenn ich jemanden wie Ihnen von meinem Traum erzählen kann, dann könnten Sie mir vielleicht helfen. So unter Hypnose vielleicht?" Ein gespanntes Schweigen folgte.

„Gibt es sonst noch etwas, was dich bedrückt?" Julia schüttelte den Kopf, dann fiel ihr ein, dass das ja vielleicht keiner sehen konnte. Sie rief laut:" Nein."

„Erzähl uns von deinen Träumen. Oder nein, warte, vielleicht erzählen erst die anderen, dann siehst du dass du nicht allein hier bist", sagte die Stimme begütigend. „Haben sie auch Träume", fragte Julia.

„Sicher", antwortete die Frau die Julia unter Eva Schölermann kannte. „Soll ich beginnen? Ist dir das lieber?" Julia nickte und rief laut ein Ja!

„Also in meinem Traum begann Eva „war das so: Ich sah meine beste Freundin immer und immer wieder in die Schule gehen. Während wir, eine Gruppe junger Mädchen aus unserer Straße uns unterhielten und von zu Hause aus auf den Schulweg machten, ging meine Freundin immer ein wenig allein vor uns her. Sie war schon immer ein wenig seltsam und anders als wir.

Eines Tages fiel es mir auf, dass sie sich mit irgendjemanden zu unterhalten schien, ja sogar zu streiten, doch es war niemand zu sehen. Ich lief also in meinem Traum etwas schneller, um zu hören, was sie redete und mit wem. Sie erklärte ihrem imaginären Gegenüber, dass sie mit keinem über seinen Namen gesprochen habe und es auch keinem erzählt hatte. Dann waren wir an der Schule und sie verabschiedet sich und sagt dieses eine Wort, das mir niemals mehr aus dem Kopf geht: Luzifer! Damit war mein Traum zu Ende. Ich habe meine Freundin seit der Schule nie mehr gesehen, aber dieser Traum habe ich immer wieder.

Julia fröstelte es, trotz des wärmenden Kamins.

„Dann will ich jetzt erzählen." Eine männliche Stimme links von Julia stellte sich vor als Kai, aus Hückeswagen. Dann begann er von seinem Traum zu erzählen. „Ich träume, meine Tochter hat Angst vor Monstern. Sie sitzt also auf dem Bett und sagt: Papa unter dem Bett ist ein Monster. Ich bücke mich und lege mich neben das Bett, so dass ich darunter nachsehen kann. Dann sehe ich meine Tochter unter dem Bett liegen die angstvoll zitternd nach oben schaut und mir sagt: dass jemand auf ihrem Bett sitze."

Julia schluckte, langsam wurde es ihr ungemütlich. „Jetzt ich", kam es da ungestüm von links." Eine jugendliche, angstvolle Stimme, vielleicht ein Junge, der etwas Dringendes zu erzählen hat, dachte sich Julia. Er stellte sich mit Richard vor und kam aus Lindlar

„In meinem Traum schlafe ich in meinem Bett und höre die Schritte meiner Mutter, die über den Flur zu mir ins Zimmer kommt. Sie will nachsehen, ob ich schon schlafe. Ich stelle mich schlafend und merke, dass irgendetwas nicht stimmt. Mit einem halb geöffneten Auge, sehe ich, dass jemand meine Eltern auf die Stühle gegenüber von meinem Bett abstützt und hinsetzt. Sie sind eindeutig beide tot.

Etwas oder irgendjemand atmet schwer und deckt mich zu. Aus den Augenwinkeln sehe ich eine blutrote Schrift auf der Wand an meinem Bett auftauchen. Ich weiß, es ist das Blut meiner Eltern. Es ist zu dunkel, als dass ich auf Anhieb entziffern kann was da geschrieben steht.

Also stelle ich mich weiterschlafend. Ich bin starr vor Schreck. Doch der Jemand verlässt das Zimmer nicht. Im Gegenteil. Er legt sich fast geräuschlos vor mein Bett und kriecht langsam darunter. Es ist im wahrsten Sinne des Wortes Totenstill. Vorsichtig öffne ich die Augen und versuche angestrengt zu lesen, was da an der Wand geschrieben steht, langsam wie in Zeitlupe verläuft das Blut der Buchstaben die Tapete hinunter, es ist ein bizarres Bild.

Mir bleibt das Herz fast stehen, als ich den Satz entziffern kann.

"Ich weiß, dass du wach bist!" „Unter meinem Bett bewegt sich etwas, ich schreie vor Entsetzen auf, dann werde ich wach. Immer und immer wieder wiederholt sich dieser Traum".

Auch in Julia stieg die Beklemmung immer höher. Am liebsten will sie in diesem Moment eigentlich fortlaufen, doch irgendwas hält sie im Innern zurück und sie überwindet ihren inneren Schweinehund. „Jetzt ich, ruft Julia, bevor die Angst in ihr doch die Oberhand gewinnt". Ja nun Du," sagte die Stimme über ihr.

Es passiert im Nirgendwo in Amerika auf einer einsamen Landstraße. Ich träume immer, dass eine junge Frau mitten im Regen steht. Es stürmt. Meine Eltern fahren mit ihrem Mietwagen an ihr vorbei.

Sie sehen die junge Frau erst wegen der schlechten Sicht im letzten Moment.

Sie halten an, weil Sie freundlich sind und nehmen sie mit. Die Frau wirkt fahrig und nervös. Sie schaut sehr verwirrt, steigt ins Auto ein und schweigt. Nach einer Weile möchte sie an der nächsten großen Kreuzung rausgelassen werden. Dann sehe ich eine große amerikanische Ampel, aber keine Schilder.

Das Nächste, was ich sehe, ist, dass mein Vater in den Rückspiegel schaut, und die Frau im Regen immer kleiner wird. Das Radio dudelt, knackt dann kommt eine Nachricht, dass man keine Anhalter mitnehmen soll. Aus der Nähe einer Nervenheilanstalt, wäre eine gefährliche Person entlaufen.

Dann höre ich meinen Vater fluchen. Er dreht den Schlüssel vergeblich im Zündschloss, meine Mutter jammert, draußen herrscht Dunkelheit. Das Autoradio ist tot. Kein Ton, kein Licht. Mein Vater verspricht Hilfe zu holen. Scheinbar ist die Autobatterie defekt. Nichts geht mehr. Das Nächste, was ich sehe ist, dass ein Polizist meiner Mutter ins Gesicht leuchtet und sie bittet langsam, leise und vorsichtig aus dem Fahrzeug zu steigen. Sie war wohl eingenickt, als sie auf meinen Vater gewartet hat. Dann sehe ich überall nur Blut, dass die Fensterscheibe heruntertropft. Meine Mutter schreit entsetzt auf. Dann diese Stille. Diese unendliche Stille. Ich stehe außerhalb des Wagens. Meine Mutter blickt mich ganz entsetzt an.

Ihre Augen sind geweitet, eine Träne läuft über ihre Wange wie in Zeitlupe tropft sie herunter. Der Mund ist geöffnet, doch es kommt kein Ton mehr über ihre Lippen. Auf dem Wagendach steht diese Anhalterin, die gerade aufgehört hat meinen Vater auf dem Autodach zu zermetzeln. Die Machete steckt tief in seinen Eingeweiden, oder was noch von ihm übrig ist. Die Spitze der Machete aber steckt im Kopf meiner Mutter. Im rotblauen Schein der Polizeilampen spiegelt sie sich glänzend im offenen Mund- Rachenraum meiner Mutter. Ihr entsetztes ungläubiges Gesicht und diese Träne. Julia stockt. Ich, ich, ich.

Julia sprang auf und lief aus dem Raum. Ins Freie, in den Regen. Ich brauche Luft, denkt sie. „Ah, das tut gut." Ein Auto raste heran. Sie stand im Kegel des Scheinwerferlichts, dann wurde es dunkel. „Und du bist sicher, Eva, dass es das Beste für Julia ist?

Julius und Gertrud, Onkel und Tante, von Julia von Wellenstedt, schauten sorgenvoll in das Gesicht der behandelnden Ärztin Eva Schölermann.

Dann fiel ihr Blick wieder in die kleine Zelle. Dort saß Julia von Wellenstedt in einer Zwangsjacke auf dem Bett und unterhielt sich mit ihren imaginären Freunden. Laut sagte sie: „Nein Luzifer, das ist nicht wahr. Ich habe deinen Namen nicht genannt; Sie war es. Sie hat deinen Namen genannt".

Julia von Wellenstedt sitzt jetzt hier schon seit zehn Jahren ein, nachdem Sie ihre Eltern in einer verregneten Sommernacht mit der Machete ermordete und ein Gericht sie für unzurechnungsfähig erklärte. Niemand weiß bis heute was in der Nacht damals wirklich geschehen ist!

Sie sehen jetzt, Herr und Frau von Wellenstedt, woran wir sind. Die Hypnose hat doch schon einiges zu Tage gefördert bei Julia. Ich möchte mich nochmal bedanken, dass Sie als nächste Angehörige ihrer Nichte dieser Form der Therapie zugestimmt haben.

Wir kennen uns jetzt schon so lange und ich denke Julia hat nach zehn Jahren jede Chance auf Heilung verdient die es gibt. Wir wissen jetzt, dass sie unter einer multiplen Schizophrenie leidet, und dass gleich mehrere Persönlichkeiten in ihr zu leben scheinen.

„Und unsere Julia? Wann kriegen wir unsere Julia wieder gesund zurück?", fragte Gertrud von Wellenstedt. „Ich will doch nur das kleine Mädchen zurück. Die immer so lieb mit dir zur Schule gelaufen ist, Eva. Weißt du noch?"

Eva Schölermann nickte und steckte nebenbei ein kleines Glöckchen in ihren Arztkittel, dass sie immer für die Hypnose ihrer Patienten benutzte.

Herr von Wellenstedt nimmt seine Frau sanft in den Arm und drückt sie an sich.

An Eva gewandt, sagt er: „Veranlassen Sie alles, was nötig ist. Geld spielt keine Rolle, davon hat mir mein Bruder genug hinterlassen. Forschen Sie nach der Ursache. Wie lang kann das denn dauern?" fragt Gertrud von Wellenstedt.

„Das weiß niemand so genau", sagt Doktor Eva Schölermann.

Und während Julia von Wellenstadt wie gebannt auf die Zellentür starrte, weil sie glaubte vertraute Stimmen gehört zu haben, wendeten sich ihre Besucher von der Tür ab und verließen den Flur im Sicherheitsbereich der Psychiatrie in Bergisch Gladbach und gingen ihrer Wege. Bis zum nächsten Besuchstermin in einem Jahr.

Seltsam, aber so steht es geschrieben.